U0011798

# 快手澳客

林國峰——著

並不是所有閃閃發亮的東西都是黃金。

——威廉・莎士比亞 William Shakespeare

# 目錄

推薦序

# 南方：金夢與驚夢

連明偉

……哀哉我黃人，教養無輔翊。乏本作生涯，無田供稼穡。飢驅涉重洋，為人力溝洫。彼族多野蠻，狠心少愷惻。圈禁似豬豚，鞭策如犢特。惡食雜沙泥，破衣滅要襋。生為異國奴，死為殊邦魊。暴虐我華工，暗如地獄黑。當軸不聞問，太平工粉飾。前車鑒古巴，立約當謹飭。國以民為本，安危繫社稷。有民不知保，驅而納諸罭。哀哉我黃人，傷心罔不奭。黃人不自哀，吁嗟長太息！

清　鄭官應〈哀黃人〉

二〇〇四年七月，台灣與澳洲正式簽署「台澳打工度假簽證瞭解備忘錄」，讓年紀十八歲至三十歲青年，擁有一年期工簽（417簽證 Working Holiday Visa），附件明文：「對台灣及澳大利亞雙方而言，依據此打工度假計畫入境停留之主要目的在度假，打工係屬附帶。」該簽證僅允許從事偶發性工作，所得薪資用來補助停留澳洲的相關費用。期待青年邊旅遊邊打工，增加交流。爾後，開放二簽。二〇一九年七月，開放三簽。

青年南渡遠飄，人數節節攀升，居高不下，澳洲以結合冒險、浪漫與社會新聞意外事故的「新金山」形象，頻繁出現於台灣人視野。

以澳洲政府而言，對多國青年開放短期工簽，適切填補各領域勞動力不足的問題，尤其能在農業挹注人力。以台灣青年而言，前往澳洲或至其他國家打工度假，大致可以收攏為兩個原因：一，壯遊；二，快速積攢第一桶金。市面出現大量打工度假書籍，澳洲尤為大宗，以功能性《澳洲打工度假聖經》最為熱門，此外延伸至公路旅行似的浪遊札記。近年來，貧窮旅遊南方壯遊的色彩漸次削弱，渡海跨國，成為青年快速淘金的晉升之路。各式淘金故事廣泛流傳，新聞、廣告、部落客、Youtube影音網站全力放送，促使對台灣環境感到失望的青年，義無反顧，進入澳洲當地的農場、果園、肉類工廠、旅館房務、送餐業等，填補低階的勞力空缺。

小說以此為背景，於焉展開。

第一桶金就在前方，為了成全更好的未來，拔根移植，跋涉險路遠走他方。小說描述即期的聚首，片刻的歷史，為了存活而瓦解舊有沿襲，藉由隨時發生的潛伏變異，不斷探入「異地此時此刻」的形塑、偽裝與擬態。文化堅壁清野，認同退位離場（非討論澳洲華人移民），歸屬叩問的探討位列其後，內文所述，瓦解文學的抒情想像，而將這群中、短期遷徙者的混亂面貌，一一訴諸筆墨。在此，可被想像的日常被捨棄，可被吸納的文化傳統被截斷，可被穩定推動的敘事時常遭遇另一種事故的敘事攔截，甚至連最為基礎的表述、指稱與意旨，無不隱現多語的混沌狀態。

舊有秩序早已瓦解，全新秩序尚待建立，語言被褫奪，行動被癱瘓，剩餘之事，在於如何活著——不是好好活著，而是活著。

九篇短篇小說，存在兩股鮮明的迴旋力量，相互支援，同時難免產生牴觸。一，來自親歷現場的視野，包含經驗、田調與採訪。二，來自小說的內部架構，包含敘事方式、內部邏輯與情感關係，或者可稱，現實通向作品的轉化痕跡。整本書，得力且必然囿困經驗所視，細節具有「紀實」特徵，有意無意壓縮虛構本事。同時，故事之構成，往往鮮明調動各種技術，製造衝突，誕生意外，想方設法瓦解一時一地之紀實。

一雙眼睛，雙重視域。小說調度往返兩地，一為澳洲打工度假即景，一為背包客對於台灣的親疏情感。為了理解當下，時間往往通向過往，看似彈性，卻在現實場域大幅限縮，切片似的解析，斷絕似的連結，無所牽涉的退守，成為小說迷人且駭人之處。難以融入當地的移工，所能把握只餘現在，然而他國的現在，對於介入其中的異質，往往先行擠兌賸餘功能，再予排斥。所有當下其實都無法被妥善理解，只能被動接納，以至傷害本身，成為最有力的存在證據。

值得探究，南方淘金之夢早已破碎，亦傳惡名，卻再三招引青年前仆後繼，甘冒粉身碎骨風險，原因或許在於，對所來地的悖逆抗衡。不論初來乍到，二簽三簽，或以各種方式居留澳洲，都得付出代價，包含失語、歧視、剝削、暴力，以及不得已的自縛。然而，相較已被知曉的代價，所能獲得的機會，足以展開的生活，都將存在實踐可能，取捨之間，著實比待在台灣來得易於作夢，即使那可能只是淪為「作夢」。

求索挖金，進奉白骨，一切都得用命來換。

小說藉由各種「意外」營造的戲劇性，實可深思。諸多意外，呈現的是社經位階所致的家園崩毀，再再顯影兩種失衡歪斜，一是青年待在台灣，面對原生家庭的失序，以及社會的低薪、通膨與高房價等；一是出走的青年立足異地，面對自身的作繭，以及當地的歧視、剝削與語言障礙等。循此思考脈絡，足以拉至國際移工的遷徙路線，以及全球資本主義等範疇。對於某些青年，尤其經驗有限、社經地位低、缺乏專業知識技能者而言，「海外打工度假」實為侈言，並非度假，更接近數年期的「台勞／外籍藍領移工」，危機四伏，意外頻傳，存在強烈的無法掌控性。小說中的意外易被誤解，權充戲劇張力，實則各種自主或受到外力催逼的事故，並非特例，而是未被知悉的移工常態，具有一定普遍性。

這本以澳洲打工度假作為主要背景的短篇小說集，經歷殊異，跨越國界，有效擴展台灣文學的地理界線，突破當代書寫主題的同質疊合，將已被制式規範的審美，推向新的文學體驗。作品呈現的斷裂性、雙語性與游移性，以及透過佛經、華語流行歌與宗教等帶來的語境差異之詭異感，不斷動搖敘事的古典推進（勢必帶來理解與詮釋的大幅偏差），卻恰恰貼合暫時失根者的精神狀態：無助且困頓，疏離且孤獨，只能不斷擁護自身變形，盲目前行。

淘金之夢，無非生存法則似的強弱淘汰，終究再三掏空自己。

野生野長，刀耕火耨，關注最為粗礪的藍領移工日常，動用如此多的情感連結、時間追溯與文學技術，企圖完成一則一則完善敘事，同時從其敘事言說的迫切，彰顯更為內在的焦慮，或者可稱，一種走得比島國都還要遠的現實困境——是在那裡，作家以肉體與精神的鎔鑄，貼近各種變形，體現書寫的難以完成，以及嘔心瀝血不留餘地的難得真誠。

*連明偉，一九八三年生，暨南大學中文系、東華大學創英所畢業。曾任職菲律賓尚愛中學華文教師，加拿大班夫費爾蒙特城堡飯店員工，聖露西亞青年體育部桌球教練。著有《番茄街游擊戰》、《青蚨子》、《藍莓夜的告白》等。

推薦序

# 跨國勞動者的專屬共鳴

李牧宜

我和本書的許多故事主角們一樣，對澳洲有些與一般旅人不同的觀察和經驗。過去我擔任空服員期間，台北飛往澳洲的航線是我喜愛的任務之一，因為飛時剛好、不會像紐約或部分歐洲線一樣漫長難熬。相比起來，澳洲幾個城市單純輕鬆的生活氛圍，也能讓我好好休息。我特別喜歡布里斯本，也習慣在落地隔一天到南岸公園附近跑步，準備隔天飛紐西蘭打來回班的體力。

當年正是台灣人出國打工旅遊或 Gap Year 最盛行的時期，澳洲開放得早、開放打工名額眾多，許多人也認為若想短時間內提升英文能力、同時又能快速賺到人生第一桶金，澳洲絕對是絕佳選擇。相較於歐美年輕人在高中或大學時就有出國壯遊的現象，這對當年的台灣人來說是一個新興的概念，大家都想盡辦法克服預算問題和說服家長的關卡。我也有許多同學在大學畢業後紛紛飛往澳洲，開始實現夢想的旅程。

那段期間如果飛到布里斯本或墨爾本，偶爾我也會和在當地打工度假的朋友散步、喝咖啡。起初我常在他們眼中看見炙熱的光芒，剛遠赴國外賺錢的他們，總是對我述說著他們在當地如何闖蕩冒險，也多麼渴望在當地學會什麼技能、存到多少錢。記得剛上線服務的我還在適應飛機上的情緒勞動和不穩定作息，有時不免會羨慕自由自在的他們，比起我們在世界各地用蜻蜓點水式的方式在各大城市往返，我更羨慕他們能在澳洲深度體驗不同文化的生活方式。

然而，我在數個月後和他們再度回到咖啡廳角落的那張桌子，我發現他們炙熱的眼神已逐漸被層層迷霧所取代；再幾個月後，則開始聽到一則比一則殘酷的故事。他們的辛苦，未必是那些在藍莓、紅莓或覆盆莓農場揮灑的血和淚，未必是在屠宰場中處理內臟、包裝冷藏的苦力工作，因為工作辛苦與否總是見仁見智，不過對許多人來說勞苦的，是被部分雇主放大檢視的國籍、僱傭關係中身為「勞動者」的處境，以及同是勞動者中、不同階層和角色互相刁難的現實衝擊。某一天黃昏時刻，我在布里斯本南岸公園的咖啡廳，我朋友看著河的對岸嘆了長長一口氣：「這就是那些在台灣的移工，他們的感受嗎？」

「我們都是移工。」

在往後的日子裡，台灣年輕人嚮往打工度假的熱潮越演越烈，的確許多人滿載而歸、或成功在國外累積積蓄、實力並往下一個國家昂首闊步，然而外界對於打工度假的生活感到推崇和敬佩之餘，卻很少審視及爬梳這群人到他國勞動的掙扎和現實。逐漸地，我們常在許多評論中看見網友對外打工度假的批判，批評他們是到國外換個頭銜的「台傭」又或是「台奴」、甚至質疑女性打工度假者是為了尋求與外國人的浪漫關係才出國……這些極端評論在網友試圖美化與污名化的對立中不停遊走。同理，我們長年以來對來台工作的東南亞移工，經年累月的歧視心態，更是難以鬆動。

過去如果難以接納多元會進而加深刻板印象，片面資訊也多半成為誤解，而這現象也原封不動地搬到了澳洲。《快手澳客》作者國峰透過每一則故事，呈現這些所謂「台勞們」在澳洲各個城市夾縫中求生存的真實寫照，他們可能為了脫離在台灣生活的常軌而來到這裡，並在異地築起新的常態，往未知的未來逐步邁進。

每一位「勞動者」都帶著不同的背景和人生故事踏上這片土地，他們有截然不同的包袱和期待，也有在家鄉難以放下的人事物。在這一幕一幕的故事中我們會發現，有些台灣人到外地多年仍須忍受難以避免的孤獨，並在同鄉人來了又離去的陣痛中學會堅強和釋然；有些人在惡劣環境中必須適應不同和角色的互相刁難，還需要在複雜的階層關係裡建立人脈，才能讓自己被看見，或反之，避免因被看見而被針對。故事中更埋藏了許多意外和轉折，讓人不禁思考，身為勞動者是否也對雇傭者充滿偏見，並在意想不到的時刻，才恍然發現？

無論深入世界何處，或回到台灣這片島嶼上，都會發現人們對於「跨國勞動者」的歧視始終存在。踏入新聞業後，我隨著前輩們的腳步持續耕耘勞工議題，也常和許多來自東南亞國家的外籍移工們在一起。當我近距離觀察這些移工朋友們，偶爾也會瞥見自己過去的身影，以及那些在國外工作打拚的朋友們。過去台灣社會習慣將外籍移工視為更為次等的勞工，有些人在打工度假的論述中，也會以「其他國家的人也會以同樣的態度對別人」來合理化自己。多年來我不斷思考，我們如何在同住的這片土地上，更尊重每個職業的價值？究竟我們如何避免強調「他者」的身份，而是以「我們都是勞動者」的心態看待與自己不同領域的勞動者，以及在同領域當中的不同角色？這條「我們」和「他們」的界線，什麼時候可以抹去？

國峰在《快手澳客》細膩又觸動人心的文字，不只帶我深入九位主角的心境故事，更不停將我帶回多年前和正在打工度假的朋友相遇的布里斯本，那裡都是我們的人生中繼站，我們都是身處在異地的勞動者。在台灣，可能很難人人都能用「外籍移工」的角度去思考他們在台的處境，然而從《快手澳客》一群在澳洲的「台勞故事」中，我們都能找到屬於跨國勞動者的專屬共鳴。

*李牧宜，現任《轉角國際》編輯與 Podcast 製作人。倫敦大學金匠學院人權碩士，曾任職英國家暴防治組織 Refuge 參與修法與政策遊說，關注人權與移民工議題。前華航空服員，著有《我在飛機上學會的事》。

# 各界好評（依姓氏筆畫排列）

身邊也曾有同學赴澳洲打工，但他們回來後沒機會詢問細節。我反而從這本書，看見這些人們的經歷與心境。我認識國峰好多年了，他的文字如同他的人，溫暖細膩又觸動人心。讀完後，我思考著「慣性」是什麼？我要的生活又是什麼模樣？我重新檢視資訊爆炸的現今如何影響我們，我們又該找回什麼。謝謝這些故事，帶給我的提點。

——又仁（全方位創作藝人）

相隔五千多公里的距離，卻能在一幕幕故事中找到共鳴。彷彿身歷其境跟著書中人物一起生活、一起感受。想起曾經有幾位年少輕狂的友人，服刑結束，與高采烈地說著要到澳洲打工重拾人生的畫面歷歷在目。在書中彷彿也看見了他們的影子，是我未能參與、想像的生活。

——成瑋盛（逆風劇團團長）

謝謝這本書讓愧疚的心有處安放，這個世界上真的有人跟你一樣心繫著心愛的人，但卻背離著摯愛，向自以為可能可以救贖彼此的世界奔去，在那些無人知曉的瞬間獨自愧疚、心傷，又在無數個轉瞬間鼓起勇氣繼續下一個未知的明天，我們都會再好起來的，對吧！

——百白（演員／表演指導）

用最輕鬆的句子說最沉重的話，用最漫不經心的語氣和態度揭露最多的承擔、承受，還有包容。這是小說《快手澳客》，也是我認識的小說家國峰。國峰做過很多說起來很酷的工作，澳洲打工只是其一；但光是一個澳洲，他就帶來了無比真實的人際角力、自尊妥協，以及你想得到和想不到的笑與哭泣。同時也是劇場導演的他，此刻澳洲是他召喚的舞台，你會發現所有悲歡離合和台灣任何一個地方是如此相似，卻又那麼新鮮而不同。

——翁禎翊（作家）

隻身遠赴異鄉，懂的與不懂的訊息、開心的與傷心的情緒、新的見聞與舊的記憶，撲面襲來，太多太快。也許小說是最恰當的形式，將龐大的旅程，凝鍊成短短的故事。

——張正（燦爛時光東南亞主題書店創辦人）

沉浸式閱讀體驗。文中的人物躍然於側，像舊識站在身邊，掏著心肺細述故事，讓人著迷，也心疼。

——張詩盈（演員）

生活在他方——這句話多麼殘忍，因為粘膩的圍牆外，又是一場地獄。讀國峰的小說，能從中明白一個道理：金錢才是好人真正的深淵。

——曹馭博（作家）

讀國峰的小說，就像是看著一個透明的孩子，站在文字前面，興奮地說起一個又一個異國的故事。如同澳洲版的天方夜譚，那些飛離島嶼，降落在廣袤土地上的人們的一千零一夜。那是創作者用身體書寫的寓言，在冷寂與熱極的溫差之下，結出來如莓果一般鮮紅的心。

——陳顥仁（詩人／吉祥物）

夢想的天堂、人生第一桶金入袋，澳洲彷彿是許多青年人想像集旅行冒險、賺錢、增進語文能力於一身的地方，然而一如關掉濾鏡的攝影機，彩妝褪去盡是無可遁形的殘酷現實。《快手澳客》為作者澳洲打工經歷及所見所聞，九篇小說敷演出不同的澳客／台勞人生，有歡笑、有淚痕。在農場、在屠宰場、或奔馳在異國的道路……。台灣青年為何甘為異地台勞？《快手澳客》讓不曾打工度假的人看見想像與真實的距離，也為即將尋夢者揭開夢幻的面紗。

——劉秀美（國立東華大學華文文學系教授）

# 一棵長滿眼淚的樹是什麼樣子

胡迪掛掉電話，不知道下一次再跟媽媽講話會是什麼時候，只知道眼前的澳洲天空很藍，雲都不動。

胡迪跟媽媽約定，回台灣後要再帶媽媽出去玩，一起走走的日子很好，兩人聊起金山沿途海岸線的藍——南投山上，沿途樹木直入天際的路，彎彎曲曲沒有盡頭，如果可以在山裡繞整天不出來，也是一種幸福。媽媽又說起以前到不知名的公園裡，兩人躺在草皮上，拿起蒲公英許願，讓蒲公英帶著願望，在眼前起飛，胡迪答應媽媽，回去台灣以後，這些地方都會再去一次。

「台灣跟澳洲一樣的地方就是風景不用錢。」胡迪告訴媽媽。在澳洲打工度假的日子裡，能開車到處繞繞就到處去。胡迪喜歡載人上路。在這段期間裡，他將風景拍照下來，傳給媽媽看，取代無法親自帶著媽媽出遊的遺憾。

胡迪是個好人，像「白果」一樣的好人。

農場生活單純，根本就是一項為他而生的產業，胡迪甚至想過回台灣學種菜當青年農夫，開觀光農場，然後讓媽媽在旁邊種個小花園，沒事就到裡面看看，跟花草說說話。同事們聽到胡迪的夢想總笑他傻，但也喜歡他的單純可愛，雖然很多時候分不清這樣的喜歡是因為胡迪免費載他們回家，還是真的喜歡這個傻好人？

總之，胡迪是這麼相信著大家。

對於打工度假的人來說，上下班搭順風車要收車資，其實很尋常，只是收多少的差別。胡迪這種喜歡載人，不收錢的行為，反倒顯得突兀。第一次遇到胡迪的背包客總是又驚又喜：「真的假的？也太好了吧，還是我們多少給你一點？」

除了胡迪以外，在場的人都知道，這些疑問，只是問問，當其他人隨之附和、打鬧，拿胡迪的單純開玩笑時，關於付車資的話題，就淹沒在大家的聲音裡。對胡迪來說，車上有人陪伴，聽他們聊天打屁，就是一種安全感的存在，有沒有收錢也不那麼重要了。

有時會有一些人看不過去，提醒胡迪要懂得保護自己，不要被騙。

「反正我又採不快，載快手，變快手。」胡迪說。

「好吧。」那些仗義的人似乎已經習慣胡迪的回應，對於相勸無用的結果，也只是看著車窗外一成不變的風景嘆氣。事實上在農場裡，速度會決定很多事情，不僅僅是薪資，還有人緣，大家會找速度快的人搭話，時間一久就會形成以少數幾個人為中心的交際圈。通常快手跟快手比較容易熟識，畢竟速度一樣，工作進棚的時間也都差不多。在農場裡的階級就這樣產生出來，管理者，快手，中手，慢手。如果要打破階級，一是讓自己變快，二是擁有值得別人依賴的條件，就像擁有車，也會獲得旁人關注。

胡迪在覆盆莓農場做採手（**picker**），剛開始學習的時候要會辨果——太成熟深紅色的，不要採，長得完整淡白色的白果也不要採，粉嫩粉嫩的果最好。其實說來簡單但真要用肉眼或手感判斷，就讓胡迪耗了不少時間，最後他這麼想，紅色危險像血，白色單純，手髒別碰，粉嫩的果像女孩的臉頰，要輕輕柔柔地摸下來，他甚至為此想了一套口訣：「紅色會死、白色會髒、粉嫩會賺。」

前一個月他幾乎是一邊採果，一邊反覆默念。

**picker** 的養成沒有這麼容易，學會辨果之後，下一步就是確保採下來的果，放在包裝的塑膠盒內，不會因為摩擦而「破皮流血」，一直到組長檢查完畢，都能平安度過，才算賺到錢。起先胡迪傻乎乎的，什麼工具都備不齊——主因跟英文程度不好有關——東湊西借就進棚採果。蜜蜂、飛蠅都算小事，覆盆莓莖上有刺，進樹叢沒多久，除了保護果的手心沒事以外，整隻手像車禍現場，滲血刮傷都是正常。後來有人看他可憐，借他裝備，才改善了手臂的皮肉傷，但手背無可避免，舊傷好了，新的傷口又覆蓋上去，再加上陽光的照射，不用多久每個人像是換上一層又黑又粗的皮膚。胡迪慶幸跟媽媽視訊電話時不會看到手背，以免她過度擔心睡不著。

採果時他最喜歡看到白果——陽光射過半透明的莓果會呈現淡淡的鵝黃色，因為稀少、好吃，所以大家又稱為黃金果——一顆一顆白果倒掛在樹上，很像一棵掛滿水晶的樹。每天開工報到前，他常常趁沒有人看見的時候，找一顆形狀最完美的，收在籃子裡。胡迪認為如果上工前能夠遇見一顆水晶，那麼一整天的「氣」就會非常順利。他相信「氣」，一種近乎運勢、也像是心情的形容，氣順了，所有事情都會順。如果一切按照計畫，他希望每天賺一百澳以上，這樣一年過後，就能擁有一筆豐厚的積蓄返家。

當初胡迪開出支票，跟姐姐談判照顧媽媽一年，換他去賺錢，回來之後就一輩子跟媽媽安穩地生活。除此之外他也對媽媽開支票，回來會娶個老婆成家立業。這才讓事業女強人姐姐與憂鬱症媽媽多年後再度共處一室。這些年下來，姐姐在外頭賺錢養家，很少回來，每次都說在忙，但看著姐姐臉書打卡的照片，都是美食、景點，胡迪不明白在忙什麼，似乎有錢寄回來就是很忙的象徵。

胡迪專科畢業後照顧媽媽，在家裡，媽媽有問不完的問題：「爸爸什麼時候回來？你媽媽去哪裡了？我的女兒呢？我要回家，什麼時候帶我回家……」周而復始，周而復始。

起先胡迪不耐煩，這樣的悶在青少年時期更被憋得躁動。他看著身邊的同學畢業後發揮所長，在社群媒體分享自己的成就，得到許多人青睞，看著這些訊息，他想按讚留言，增加一些參與感，但常常是媽媽在家裡某個角落發出聲音，將他的注意力從螢幕上拉回家中，在確認媽媽沒事之後，回到螢幕前，卻已經不知道要回應什麼。有幾次同學邀請，胡迪有機會加入大家，上山夜衝、慶生海灘派對或是同學會……他都拒絕了，他不放心媽媽一個人在家太久，但也認為沒有人會歡迎他帶著憂鬱症的媽媽出現。

最後連胡迪的生日都沒有人記得。

就在那一天，他出門買飯給媽媽吃，順路買了一個蛋糕給自己，但一回家就被一連串的問題轟炸：「你要慶祝什麼？你媽媽做了這種事你還開心得起來？就是你害的，你爸都不回來！他們去哪？他們去哪？」最後那塊蛋糕被砸在牆上。當晚胡迪站在熟睡的媽媽身邊，手中的枕頭止不住顫抖，眼前一片黑，只看見媽媽躺在那，安穩地呼吸著，胡迪向前伸長手臂，在靠近媽媽鼻梁時，他把手縮回來了，將頭埋進枕頭，也把眼淚、尖叫、憤怒、懦弱……全埋進去。

媽媽被吵醒，起身輕聲地說：「不怕不怕，媽媽抱你睡，嬰仔嬰瞓，一眠大幾吋……寶寶睡……快快睡……」胡迪被媽媽拉進懷裡，他哭得更厲害，也分不清為什麼哭。

那一夜過後他什麼都不記得，唯一改變的是，每當媽媽情緒激動的時候胡迪唱這首歌，一切就會緩緩地跟著旋律靜下來像睡著一樣。

「嬰仔嬰嬰睏，一眠大一吋……寶寶睡……快快睡……」

在澳洲幾個失眠的夜裡，胡迪輕輕哼著這首歌。他從來沒有想要追究過去，到底爸爸和媽媽跟「他的媽媽」之間究竟發生什麼事？他沒有問，也不知道。對他而言，兒子好像就應該要照顧媽媽，不管是誰的媽媽。

學會開車以後，他第一趟上路就是帶著媽媽出門，開家裡那台姐姐汰換的二手喜美。那一天胡迪記得天空很藍，風很涼，很像現在澳洲的氣候一樣。在澳洲他可以不用管太多，即便姐姐的抱怨訊息從沒中斷過，但這一年是他逆轉的關鍵，為了這個理想，他可以忍耐。他想帶著第一桶金回去做點小生意，娶個老婆，沒事就帶媽媽到處走走，一切穩定的生活就像澳洲的日子一樣，上工、賺錢、睡覺，日復一日，就這麼單純直到回去台灣。胡迪始終這麼相信著。

在農場裡，通常天黑前會下工，所以大家走往停車場的路上，影子會被夕陽拉得很長，胡迪的影子總是跳動的，他整路笑著跳著，偶爾會唱唱歌。但是八九月果況正好的時候，常常延遲下班，整片天空跟路黑成一塊，大家用手機光源照出小小的光圈，像探險一樣。

胡迪常常等組長整理大家採果的資料，清點產量輸入電腦，往往一等就到天黑。胡迪會等到最後一個要搭順風車的人上車，才會離開。雖然無法伴著夕陽唱歌，但他仍可以看著星星發呆。他總是等著流星出現，甚至為此練習了很多次，他想要在一秒內講完「賺大錢回台灣娶老婆，媽媽身體健康」的願望。可是當流星出現的時候，他總是驚訝地發出一聲啊就錯過了。

今晚的流星落下前，胡迪好不容易忍住驚訝，正要開口說出願望時，從辦公室走出來的組長喊出聲打斷了他，這次不是短促的遺憾，而是長長的「啊——」。組長理解胡迪為何張著嘴叫不停後，只一股腦地笑著，而其他搭便車的人也笑了，最後他見大家笑成一團，也跟著笑了。

搭胡迪便車的人都知道，回家前胡迪會到處繞繞，今晚也不例外，不知是否因為先前的笑鬧，大家格外地放鬆。

今晚是眾人第一次聽胡迪講起他的家庭。

他說喜歡開車載人是因為媽媽的緣故，總認為車裡有人陪是安全的。談起他與姐姐多年來的分工，以及父親是怎麼「拋妻棄子」帶著別人口中的第三者——也是他的親生媽媽離家……，這些其他人沒有經歷過而感到錯愕的生活，在他口中講來稀鬆平常，就像說著今天哪一區的莓果比較好、在哪一條田埂又看到了什麼動物。

農場的大家喜歡討論看到什麼動物，這為單調的生活帶來一點驚奇。在棚架跟樹叢中間，常有強韌巨大的蜘蛛網，如果撞上了大家喜稱敷面膜；也有叫聲淒厲的蚊子，被叮咬後的部位會腫大、長膿包。胡迪曾經被咬過，在大腿留下一塊疤痕，主因不是叮咬，而是他耐不住癢。

胡迪從這個疤痕又提到了自己的過去，在農場留下的疤痕旁邊，有另一個疤，發生在他小時候。爸爸離開那陣子，媽媽本來想喝硫酸自殺，卻意外潑到胡迪身上，是他的哭聲將媽媽從鬼門關前拉了回來，胡迪呵呵笑，說是自己的悲劇拯救了媽媽的悲劇，旁人卻笑不出來。

「最近有人看到蛇，可能是有毒的，你們自己要注意一點。」組長在一陣沉默中提醒大家。眾人連聲附和各種道聽塗說，一陣喧鬧中，胡迪加入話題：「蛇可以吃老鼠，應該很好吧。」大家笑他傻，忽略了組長提醒的重點，接連又開起胡迪的各種玩笑，車上的話題才從胡迪跟媽媽的悲劇回到了農場生活。快到組長家之前，車上的大家又被提醒了一遍：「小心蟲害，想要賺錢就採乾淨一點。」「Yes——」大家一陣無奈。

先讓讓組長回家後，一群人像解脫般，開始聊起一些農場的管理者各自的問題，話題來到高潮，大夥聊著聊著，笑聲堆滿了車廂。這樣的狀態就是胡迪理想中的樣子，開著車，打著燈，車上有人說說笑笑，他一如往常地往前開，看著路上的車燈閃呀閃，不知道究竟哪個環節錯了，眼前突然一片黑。

胡迪急踩了煞車，一瞬間，他眼前的馬路、街燈不斷朝他慢慢逼近並且放大、變形，擋風玻璃看出去的機車騎士，在空中旋轉，手腳不受控地甩動。他頭腦感覺很脹，同車有人叫出聲來，聲波也跟著拉長，在他耳裡不斷迴旋，車前的機車在馬路上轉了幾圈，胡迪看著看著，整個世界也旋轉起來。

再回過神他就已經在警車上了。

他不知道對方駕駛人是不是也跟他一樣喜歡載人？他不知道如果今天再多等一下，會不會看到第二顆流星？他也不知道，這個時間點打電話給媽媽會不會接？又或者姐姐可以告訴他，現在需要做些什麼。胡迪不知道可以說些什麼讓自己好過一些，有許多話哽在喉頭，有一口氣卡在裡邊不出來，在現場時，他只能勉強擠出虛弱的Sorry……Sorry……

車上同事們的英文對不上警察問的問題，胡迪只能看著警察，在警察說：「Yes？」後也回答「Yes」，最後被警察判定危險駕駛時，他也回答「Yes」因為他聽不懂英文。

接下來有太多未知，如同意外一樣撞上胡迪，每一個需要解開的疑惑對他來說都像是一次又一次的衝擊。

救護車在夜裡閃著刺眼的光駛來，胡迪還來不及關心被載走的機車騎士，但實際上他一句完整的話都說不出口，又羞於開口說「How are you？」。

過了一天後，農場發生大事，樹叢間的蟲害蔓延開來，「黴害很嚴重，自己注意。」經理集合時對大家說。他偷聽了快手解釋才知道什麼叫做黴害，樹叢覆蓋一層像蜘蛛網的紗，上面一小點一小點白白的顆粒是蜘蛛卵，像是霧濛濛的雪飄落在上面。有時候會有一些蒲公英長在旁邊——澳洲什麼都大，連蒲公英都特別高——黏在黴害上，樹就變得毛絨絨的，胡迪其實覺得很美，但只要沾到一點，就可能帶著它移動到下一株樹叢，非常麻煩，所以即便整片紅紅的，果況甚好，也會整叢甚至整棚略過。胡迪覺得自己就像黴害，被那些昨天載過的人忽略，他無法理解是因為黴害導致大家無心說話，還是因為無法協助處理意外，或是因為他撞了人？前天被他載的其中一個同事只是拍拍他的肩加油打氣，轉頭就採起果來，整日沒再和他說過第二句話。

胡迪問了同事可否請假，陪他去警局幫忙翻譯，都換來霾害當前，無法排休的回應。大家都皺著眉頭，再用相同的語氣說加油，胡迪看著他們嘴角擠出來的笑容，卻怎麼也笑不出來。他問了許多人，最後是當晚取笑他許願失敗最久的組長告訴他：「不管怎樣，先存錢，要請律師，要緩刑都可以應付。出庭沒關係，你來上班照樣打卡，我偷渡你出去處理事情，薪水照領。」

組長板起臉要胡迪上班，在許多麻煩以及疑問纏上胡迪時，組長的關心就是線頭，讓他從糾結的混亂中理出一條活路來，站在組長前，胡迪低著頭，眼淚停不下來。

胡迪更努力上班，賣力地採果，他知道只有這樣才對得起組長，也只有這樣開給媽媽和姐姐的支票才能兌現。

第一次開庭的整個過程裡，他腦中不斷重複各種佛號求天保佑，許多專有名詞與英文即便他努力聽也無法理解。他看著律師，律師也只是嘆氣。律師建議需要上訴更高層級的法庭，那表示要花更多錢，胡迪不敢看律師，最後只約定如果要繼續抗辯，後天再到辦公室討論。

胡迪試圖去警局修改當初定下的罪名，但行不通。他不知道要去哪裡慰問機車騎士，所有事情全都攪和在一起，一條嵌著一條，一件連著一件。他已無力去思考是否申請第二年的簽證留下來賺錢，也無法計算究竟有多少脫身的機率？他看著戶頭裡的數字越來越少，當初答應姐姐的期限也跟著倒數，他快要想不起來，當初是為了什麼來到澳洲？

有一天胡迪走到住處附近的湖邊時，撥了視訊電話給媽媽，告訴她天空很藍，湖很漂亮，回台灣會帶她去玩，要媽媽等他，接著騙媽媽要上班了，就掛掉電話了。

「要活下去喔。」掛電話前媽媽無來由說了一句，這是他來澳洲半年多，和媽媽最短的一次通話。

他無法預期能不能好好活著？至少他知道不是現在，也不知道什麼時候會再拍出去玩的照片傳給媽媽？

那天後，胡迪振作起來，他知道沒有太多時間悲傷，讓自己趕緊回到軌道，加速實踐理想，然後解決難關，才是回家的路。胡迪的速度變快了，農場的快手們猜到他上緊發條的緣由，漸漸地也開始跟他說話。

組長持續鼓勵他。農場有一些人聽說了胡迪的故事，偶爾在他放莓果的籃子裡會多上幾盒。起先他還傻傻地在棚裡大聲喊：「誰放錯了？」大家不約而同回他：「有錢賺，你拿就對了！」胡迪不知道怎麼回應，就摸摸頭一直笑著。

胡迪是個好人，大家真的這麼認為。同車的 **picker** 跟他道歉，不該畏懼，擔心需要分擔賠償費用而噤聲，胡迪笑著回：「是我撞的人又不是你們，不要怕啦！」不少人都紛紛向他伸出援手，胡迪覺得一切彷彿都回到以前一樣，一起笑一起說話，做什麼都可以一起，他再度想起自己的人生小哲理：「氣順了，一切就順了。」

採果的路上，就算跪在石子地上膝蓋發疼，就算莓果樹上的刺刮了手，胡迪也覺得不怕。

他帶著這些慢慢改變的事情，又開始哼起歌來。有天翻著樹叢找著果，突然手上一陣痛，他把手縮了回來，看著汗漬、傷口滿布的手，他並不以為意，又繼續翻樹找果，一條蛇順著手臂纏上他的脖子，受驚嚇的胡迪一時沒站穩，往旁邊踉蹌，他抓著樹叢想穩住身體重心——一條、兩條、好幾條蛇順著枝條，胡迪被咬了幾口，蛇在他身上纏繞，一條疊著一條。

胡迪眼前的視線漸漸模糊，他跪了下來，意識尚存的他知道發生什麼事。那個當下，他好像看見媽媽站在眼前，身後棚子外的天還是很藍，前方飄過一團蒲公英，胡迪想伸手抓，想起身帶著眼前的媽媽走走，但他只能直直看著前方，喉嚨被纏得死緊。他努力想說出話，想起多年前他懸著枕頭的那個晚上。

這些日子以來，胡迪一直想跟媽媽說對不起，但話始終沒能說出口。

眼前模糊的視線裡，胡迪彷若瞄見一顆晶瑩剔透的白果吊在樹上，他試圖伸手去摘，想起當初學習採果時組長的提醒，他相信自己現在能夠輕巧地摘下白果了。陽光照在白果上，折射出來的光連接著其他白果，胡迪看著整棵樹閃爍，好像一桶金幣放在面前，他朝著樹爬去，光影交錯之間，他耳邊響起：「囡仔嬰嬰睏……一暝大……一吋……」

農場是勞力活，重視大家的身體狀況。天氣炎熱時會有休息規定，要大家停下手邊的工作喝水。現在的季節正值夏天，休息時間到了，其他 picker 放下工具出棚，卻遲遲不見胡迪的身影。組長循著紀錄本，找到胡迪的田路，組長的尖叫聲召集了大家，眾人衝了進來，看見胡迪身旁的樹叢底下，有一團盤根錯節的蛇窩，而他身上有幾條蛇纏著。眾人緊急把胡迪運出果園送醫，即便大家都知道發生了些什麼，但沒有人出聲，就是帶著胡迪離開農場，載他上路。

隨後，救援隊來了，糾纏盤繞的蛇窩被清除，就在胡迪倒下的地方，藏在樹叢之中有一整顆長滿白果的覆盆莓樹，一顆一顆掛在樹上，幾近透明。

# 十點

21:45

騎車到陳記，停車，走三步，站在店門口，我記得非常清楚，當時牆上的電子鐘顯示 21:45。

送餐服務就是賽車遊戲，加滿油箱（投幣，進入關卡）之後，時間限制內完成送餐（在城市裡飆速衝向目標），想要得到客戶好評（賺取額外金幣獎勵）的機會，就是掐緊時間，完成任務。

做外送就是跟時間賽跑，英文說「Take your time」是慢慢來，但我翻譯的意思是抓好時間，只有抓好時間，才能在時間裡自由。

21:47

取餐，編號 015 的訂單是牛肉河粉，備註：需索取餐具。在陳記的宵夜時段裡，兩分鐘就能順利取餐，必須要非常幸運。我相信今晚我是那個幸運的人。

澳洲的夜晚除了酒吧之外，很少有店家營業，靠著像陳記這樣勤奮賺錢的店家，華人的宵夜文化才得以在外國發展，但陳記會大排長龍，不單因為營業時間比其他店晚，主要是招牌牛肉河粉的評價如同它的香氣一樣在華人圈裡蔓延開來。從香港來的打工仔聽到的誇張傳聞，說吃下陳記的牛肉河粉，牙齒都會被彈出坑；台灣的背包客則是說像是童年吃的跳跳糖一樣，咬斷牛筋時會在嘴裡炸開。

陳記的調味鹹而不膩，鋪上的九層塔不單只是配色，老闆特別從台灣進口，就是看中它的香氣比澳洲的 basil 夠味，無論是哪一國人在吃的時候都會注意到這一味。

015 這一單是一場跟 deadline 搶時的競賽，沒有太多時間回味陳記的牛肉河粉，在取餐當下，高速運轉腦袋，做出精密的路線規畫：參考 Google Maps 計算的車程，十四分鐘。這條路線上紅綠燈不超過十個，上了布里斯本大橋可以加速催油門，預估十一分鐘後在 21:58 抵達目的地。如果在抵達前打電話跟客人確認訂單，加上簡訊告知配送的完成時間，請客人提前走到大門口，就能在 22:00 前完成配送，然後立刻回報任務結束，壓線達標，WIN，遊戲勝利。

我其實很習慣這樣的步調，在澳洲送餐的第二週就開始上手，飛梭在城市間，一個晚上會騎過布里斯本大橋五六次，沿河岸來回兩三次，到高級住宅區一兩次，這些地方在高速的行進下，城市燈火變成線條，會有一個瞬間很像奇幻電影一樣進入時光旅行。我通常都能順利壓線達標，在跨班前完成最後一單，就像擁有操控時間的魔法一樣，因此後台喜歡叫我小巫婆，但我喜歡自稱小魔女（這樣比較可愛），機車就像我的掃把，飛到時間前面。

來澳洲打工沒什麼好說的，花最短時間，賺最多錢就對了。把時間變金錢，就是我的煉金術。

**晚上十點十分了，我看著被甩到地板上的外套和制服，想起自己在 21:51 的時候，停了一個紅燈，那時候就像是遊戲中遇到路障，必須停滯冷卻一下。**

## 21:51

因為叫做小魔女，我喜歡將所有裝備都轉換成魔法世界的代稱，這樣工作起來就更像遊戲。外套是我的斗篷，雨衣是防護罩，機車當然就是我的光輪閃電號，而放在夾鏈袋裡的手機像是聯繫現實世界的鑰匙，所有裝備都貼上了「布里斯本送餐」的貼紙，就像身處在以此為名的遊戲裡。

我在「布里斯本送餐」的員工編號是482，登入系統的密碼是48288888。

在等紅燈的時候，我看準螢幕上的時間顯示剛切換成21:51，路口燈號剩下四十八秒，我一邊倒數一邊動作，立中柱（45、44、43）、開後車廂拿外套（42、41……）、著裝（37、36……），再坐回機車時，號誌剩下十八秒，也就是說再過三十秒就要切換到21:52。

我對於時間計算非常精準。以前在花蓮等紅燈的時候，就會跟著交通燈裡的數字讀秒，將時間感知用身體記憶下來，尤其花蓮的黃燈特別久，那個時候沒有秒數可以參考，掌握路況就是靠平時的累積，加上天生視力良好，只要看到遠方的綠燈秒數，我就能控制速度，也就是說，我能控制時間，Take your time，我在台灣的時候就這麼做了。

男友Z害怕我的「魔法」，總開玩笑：「妳這麼會計算，會不會算計我？」

「我只會算你講了多少句幹話，浪費了多少生命！」我盯著螢幕打電動，在《惡靈古堡：聖女密碼》裡射擊怪物，沒空搭理男友的幹話攻擊。

當初只是因為覺得文科女生很囉嗦，選填物理系，結果沒學到什麼物理應用，只學到理科男生的幹話祕笈。我也很納悶男友到底喜歡我什麼，可能因為講幹話的功力差我一截，為了修煉只好跟我在一起。

當初一起來澳洲，兩個人訂下帶回一百萬的目標，達成之後就在花蓮吉安開早餐店，離車站遠一點沒有關係，我可以發揮「時間魔法」替客人送餐，讓賴床這項國民運動可以在每個人的家裡被實踐。

「你叫早點，我來找點。」Z半夜從床上彈起來大喊口號，恍惚間我踹了他一腳，他打開燈，興奮地跟我宣揚賴床運動主張——讓客人叫早點，然後賴床的時間，就是我開始外送找點的任務時限，那些散落在巷弄裡的客人，像遊戲地圖上的任務關卡一樣，完成之後就會得到金幣。我又踹了他一腳：「奔波的是我，受苦的也是我，又不是你，你爽屁爽？」他一邊笑一邊抱住我，看著他做白日夢的樣子，好像可以聞到「找點早餐店」的味道，可以聽到店裡放的音樂。看著男友模擬在早餐店裡工作的樣子，我也跟著開心了起來。那個晚上，兩個人在房間裡開了一間早餐店，就像養成遊戲那樣，架設廚房、室內裝潢，最後好像忘了幾點睡著的，隔天起床Z還真的叫我去送餐。

帶著夢想到澳洲，未必能夠帶著夢想回去，我們時刻這樣警惕彼此，在Share house裡面貼滿便利貼，寫著「開源節流」、「省一分錢才是賺錢」、「找點早餐店存錢計畫」……每一張都是滿腔熱血，充滿希望。

那時候，我們認為到了國外，就要嘗試不一樣的工作經驗，否則就只是換個城市，還是過一樣的生活。

一開始，我們找網路介紹的台灣工頭，到Caboolture的草莓農場裡，實踐我們的百萬計畫。前期剛上工就要繳交保證金、房租押金、車資、裝備……一項一項加上去，從台灣帶來的本金根本不夠燒，工頭大大方方地借我們錢，殊不知根本是另一個地獄。後來他增加利息，拒載我們上下班，並且禁止我們工作，扣押薪資，身邊的人都說我們衰到家了，那時只想反問：「不都是台灣人嗎？為什麼這樣欺負同胞？」最後被逼急了，連夜收拾行李，偷偷逃離農場提供的貨櫃屋宿舍。

走了將近兩小時，夜裡的風迎面吹來都像是刺在身上，鄰近馬路的樹林裡，不時都有人影晃動的感覺，當下我們害怕的不僅是人，更害怕是失控的袋鼠或是意想不到的野獸衝出。我跟Z耗盡體力，看著遠方的月亮一直走一直走，正當想要放棄的時候，一輛車迎面駛來，我們甚至沒有懷疑會不會是可怕的台灣工頭，用最後一點的力氣呼救。上車之後，把身上僅有的錢都給他，用破碎的英文句子拜託他載我們到市區。

他說他叫Roger，是一個澳洲大叔。Roger一副不可置信地把錢退給我們，他打算帶我們到市區之後，幫我們找房子安頓，甚至介紹工作，那時候看著後照鏡上的吊飾刻著「Love & Home」，我把頭轉向窗外，另一手握著Z，路邊的景色，從樹林慢慢轉變成一棟棟房子。看著黑夜裡遠方的小山丘，那是我們剛剛牽著手拖著行李逃出來的地方，幾個小時前還走在充滿危險的路上，此時坐在車裡的我看著街燈朦朧，才覺得身體漸漸溫暖了起來。

**Z傳來了宵夜清單。我如果下班就會外送回家，可是能不能平安到家，我沒有把握。送餐的第三個月，我才知道不是所有澳洲人都像 Roger 一樣。**

21:53

在這個時間點，帝君廟求的平安符飛掉了。每次我在試圖挑戰 deadline 時速高達九十的時候，都會好奇關聖帝君在想什麼？或是祂根本沒有搭飛機來到澳洲？

我那時候剛到花蓮，媽媽就不停叨念去找間廟求平安，但從未踏進花蓮的我，怎麼會知道要去哪裡跟神明打交道？領回託運過山的機車後，向店家詢問主掌行車平安的神明，才知道聖天宮的關聖帝君是花蓮一帶的「交通部長」。

在廟方的協助下，成功求得了平安符一只，離去前廟方人員提醒：「等一下妳出去後，就直直騎，不要回頭喔！」握著符咒也像接過命令，上了車之後一路都不轉彎，但過了第三個路口，我就開始想，要騎到哪裡？花蓮是個容易看到山的地方，離開鬧區的範圍，路上不會有太多車，沒有任何方向的我，看著跟老家不同的街景，平房一棟接著一棟，中間偶爾穿插木構的矮房，我就這樣看著街景，冥冥中像是有一種牽引，向著山，沿著路一直往下騎。最後我停下來是因為山離我好近，山的形狀、山上的樹，還有飄過的雲，看著眼前的一切安安穩穩地存在著，一瞬間我意識到自己正踩在花蓮的土地上，這個我即將生活四年的地方。在一陣漫遊後，我莫名其妙地對著山鞠躬，然後就騎回學校了。

Z當初聽到這個故事時，只覺得我在講幹話，我要他小心被關聖帝君處罰，我可是按照指令，完成任務的人。

在「布里斯本送餐」的世界裡，房子都不太高，獨棟的木屋或是摩登的別墅，兩條相鄰的巷弄，風景可能截然不同，只有從巷口轉進的那一刻才會意識到，眼前的世界像是開啟新的區域一樣，有不同的任務，在新區域裡的人物也會有不同的穿著跟設定。

我最喜歡的，是昆士蘭大學區。要進到這個區域，需要先騎過 Story Bridge，過橋的時候，我都會想像即將遇到什麼樣的客人，開啟特別的故事副本。下橋之後，高高低低的地形像是迷宮，時常一個轉彎就緊接陡峭的下坡，遠方的夜景像浮在空中一樣，非常魔幻。坡道沿路大多是有庭院的小木屋，各種不同顏色的花攀在圍籬上，即使在夜裡也各自繽紛。順著路往下滑，身旁紅、綠、藍、紫、白，不同顏色因為飛馳的速度，視覺上全攪和在一起，到了平地後，因為身上的花香才會意識到，一條華美的巷子就這樣藏在城市裡。

Z覺得開始送餐的日子才有生活感，一種真的到了澳洲，成為背包客的感覺，但對我來說，反而沒有改變，在穿越布里斯本的大橋時，常常會有一種底下是木瓜溪的錯覺；沿著布里斯本河岸騎的時候，我常會想起從帝君廟離開那天，騎著騎著就到了美崙溪的河堤道路；從 Dell Rd. 送完餐要回市區的時候，還會以為下一個轉角就會看見公正包子，而那些不高的房子，長長的路，都是我們騎台九線時的風景。

我想像飛掉的平安符在路上被踩過無數遍，我希望踩過平安符的人去過很多地方，腳印裡有海邊的沙子，有Glass House Mountain的泥土，我跟Z的澳洲首吻就是在那座山上的杉樹下；希望那些腳印去過凱恩斯、邦德堡、阿德雷德，還有西澳的伯斯，這些地方我都沒有去過，可是光聽名字就好想去。

在平安符飛掉後的二十三秒，車程縮短了一分鐘（平安符應該是遊戲道具，有調節時間的功能）。手機螢幕上Google Maps顯示還有七分鐘抵達目的地，我只要再努力縮短兩分鐘，絕對可以安全戰勝deadline，我邊騎車邊計算著。

「關聖帝君保佑我，求求祢讓我平安到家，求求祢。」在我意識游離的時候，不自覺地想起關聖帝君，並且開始祈求，我才意識到身體被一個男人抓著，失去行為能力。直到一些零碎的記憶浮現，才開始試著去拼湊這一路上，在每個時間點裡，哪個環節出錯了？是遊戲的 bug 吧？我希望平安符可以在這個時候才飛走，替我擋煞。

21:58

準時抵達。

我大概迷路了三十秒，在 Google Maps 無法辨識的樹叢中找路，最後在兩棵樹中間看見隱約的光源。循著光走，身旁的樹又密又高，難以辨位。外面的聲音、光線在這個小路裡，全都失去了方向。撥開最後一片遮擋視線的樹枝，在一片修剪整齊的青草地上，有一棟獨立的日式建築，周邊燈光設計得很美。瓦片在屋頂上交疊，門口有一條紅金色的落水鍊。外牆是大木構，在燈光的映襯下顯得溫潤。房子周圍有一圈樺樹或橡樹（畢竟我是學物理不是學植物的，或者是《哈利波特》裡會出現的樹），在草地上還有一個可愛的信箱，將七個圓筒焊接在一起，上面鑄有英文字樣，標示一星期的每一天。

主人傳來訊息要求我送到門口，我快步前往門口，因為再十一秒就要21:59了，這個時候陳記已經在清洗外面的地板了，因為老闆想要在十點熄燈，但熟客都知道，通常會繼續營業到十一點。

某次我回程去拿宵夜要給Z，跟老闆聊天時，老闆用濃厚的香港口音說：「如果不先關燈，客人一直來，我都不用睡嘍。」關了燈以後客人通常會繼續打電話，趕在十一點以前訂好餐，老闆會等到最後一個客人取完餐，才真正拉下鐵門。

Z的宵夜清單還沒來，我猜他今晚想要吃牛肉河粉。我現在沒有空跟他確認，如果可以，我希望他先打電話跟陳記訂完再告訴我，這樣老闆就會等我。

22:00

我聽到門後的腳步聲由遠至近，我的時間體感判斷現在是21:59:18，後台小幫手傳來訊息：「小巫婆，注意時間，跨班扣錢。」訊息旁的時間戳記就是21:59:18。

每次跟deadline拉扯的單都像是一場賭局，後台辦公室的人會依照單的時間跟交通狀況做賠率，賭看看我會不會跨班；對我來說，賭的是在每一個轉彎還有高速行駛的時間裡，可不可以安全過關。平常十點是晚班的下班時間，再晚就是夜班了。因此後台很常在我剛上線的時候，就傳來罐頭訊息：「482，提醒您注意時間，跨班導致排班不公，懇請盡速完成配送工作。」如果不是這樣的制式內容，就是小幫手自己輸入的。我猜想今天的賠率應該滿高的。通常這個時候，為了讓支持我的人獲得一些快感，我都會先回報配送完成，然後打卡下班。

雖然我有自信不會違規，但後台仍會在十點前提醒工作守則，依照系統設定那樣。

這時候送餐像是賽車遊戲的感覺就會特別明顯。我穿著公司制服，進到「布里斯本送餐」的世界，接收指令，完成指令，「482送033」、「482回報」、「482餐具醬料多拿」、「482下線」……只要跟規則有關的事情，像是時間節點（關卡時間限制），或送餐需求（關主任務），系統傳來的訊息，都會有一種抽離生活的虛擬感。

其實在加入布里斯本送餐的當下，就認知到每天會接收不同的編碼指令，我們跟這個世界接觸的方式全都數字化，名字、身分、性別好像都變得不重要了。

**是不是因為這樣，所以我在這裡？難道這是隱藏關卡？還是闖關失敗的處罰？**

**21:59:56**，其實已經達成任務了，下一步就是提醒客人給我好評（獲得金幣）。我在門打開前的幾秒裡，看這間房子的裝潢，閃過好幾種對客人的想像。說不定會是一個有品味的中年男子，可能穿著和服出現，或是穿著絲絨睡衣，眼睛像言情小說形容的「如湖水一般清澈」，頭髮白金發亮的美型男，我希望可以是戴著小小的金邊眼鏡，開門時會有一隻橘貓在腳邊的老太太。

他抓住我的時候，根本來不及在腦中建構他的輪廓，在門打開的那一瞬間，頭部被重擊就失去意識了。恢復意識的時候，我失去了判斷時間的體感，看牆邊的老爺鐘才知道現在已經是十點八分了。

22:10

我的手機被摔到旁邊，不停響著、震動著，因為客人沒有回傳「已取餐」的指令，後台就會判定我還沒將餐點送達。如果我沒有回應，客人也沒有，後台小幫手就會一直提醒，罐頭訊息會一直寄，系統不會停下來，但我也無力改變什麼。

「482，您的訂單已超時，請盡速完成配送。」

「482，您的訂單已超時，請盡速完成配送。」

「482，請回報配送狀況。」

「482，請回報配送狀況。」

「482，您的客人已等候多時，請配合說明。」

Z發現我沒有回覆他的宵夜訂單了嗎？還是他在跟台灣的家人一起看《甘味人生》？

當初也是我教他媽媽使用相機，分享畫面連線到手機，創造出一起收看電視劇的臨場感，這個天倫之樂可是我的功勞。那時候他媽媽握著我的手說：「多虧有妳。」我得意地向Z炫耀了一番，沒想到他開玩笑說：「走啊！現在去登記結婚，在早餐店宴客。」我笑說：「這麼小間連兩家人都擠不進去。」然後他就提議在「找點早餐店」宴客，那時候我想起深夜裡扮演早餐店老闆的他，他笑起來的樣子幾乎要說服我。

Z笑起來的樣子，真的好蠢。

老爺鐘的指針是不是壞掉了？我總覺得22:10好久，超過了我的認知。

被摔在地上的手機仍然在震動，客人的應該也是，他的系統通知應該是「您的餐點已到齊，請確認取餐。」

我想離開他的身體，幫他按下確認鍵，然後離開。

我不想存一百萬了。

聽花蓮的學弟說，前陣子奇萊山頂下雪，在台九線上就可以看得很清楚，騎車經過木瓜溪的時候，好多人都停下來拍照。

入學沒多久之後，我就知道當初離開帝君廟看到的山，就是奇萊山。我想跟Z一起看看奇萊山頂積雪的樣子。

# 1044A的貪食蛇

回到旅館除了洗澡上廁所之外，I幾乎不離開床，不跟別人互動。因為他不知道講什麼，也不想出去散步，拿起手機就是滑整個晚上，每當旅館主人虹姨帶新的背包客進來104房，都會要求I自我介紹，戲稱I是這裡的土地公、地縛靈，配合虹姨的開場白，站在門口的新背包客往往會跟著笑幾聲。

「I就是I。」I的回答總會破壞虹姨試圖活絡氣氛的把戲，無一例外。

當初在學英文的時候因為上課貪玩被老師處罰，從此之後討厭英文。一路從技職學校升學，只要負責考證照，其他的事根本不在I的學習歷程裡，遇到選擇題用猜的方式過關，老師為了升學率，把考古題題庫準備好讓他們背，最後I熟悉的，只有ABCDE幾個字母，到了澳洲以後，他最熟悉的就是thank you跟sorry，當初台灣的仲介告訴他，只要會這兩個，就可以在澳洲過生活。

I沒有懷疑過仲介的話，他也用自己的方式生存下來。

I握著手機，躺在編號104A的床上玩貪食蛇，身體靠牆的一側，會把棉被擠成條狀墊在手的下面，這是I慣常的姿態。房間外，走道的腳步聲來來去去，虹姨敲著房門要收租金，但I即將突破他的最高紀錄378分，握著手機越抓越緊，眼睛直盯著螢幕，就算虹姨拿了備用鑰匙開門，靠在門邊看熱鬧的背包客已經堵住走廊，I都沒有起身。

「可不可以給我一點私人空間！」I甩開手機，坐了起來，他的口氣像小孩在進行祕密行動時，被闖進來的大人喝斥一般，彷彿他們從來沒有擁有過私人空間，然而Spring Inn已經是Bowen Hills的青年旅館裡對台灣人最友善的——他們對待所有房客都是如此——所有來這裡的背包客，都是因為虹姨的和善。

I在這裡住了將近四年，沒有一次準時交過房租，虹姨仍然沒有把他掃地出門。一如進旅館門口的旗幟上寫的「Welcome Home」，虹姨將每個人都當作家人一樣，希望他們有回家的感覺。

虹姨每次看到I滑著手機，都會沒好氣地說：「真想看看你是不是在家也這樣？」I沒有回應，就只是把房租拿給虹姨，接著轉身繼續玩手機。

虹姨一邊收拾房間，一邊提醒I要出去走走，多認識一些人，虹姨怪他把房間住成監獄，I依然盯著手機螢幕上Game Over的字樣發呆。

虹姨離開後，I又重新開啟一局遊戲，螢幕上的蛇繞來繞去，右上角的最高紀錄，仍然顯示378分，又一局失敗，I沒有讓Game Over的字樣閃爍太久，馬上開啟下一局。

外面走道上的腳步聲蹦蹦跳跳，旅客們往接待大廳的方向移動（那邊有一個用餐區，大家很常聚集在一起）。不久後，各種食物的味道飄進房間裡，I想起自己還沒吃晚餐，但想到大廳裡坐滿了人的畫面，I就打消了移動的念頭。在I的想像裡，走道上一個接著一個的人頭，就像貪食蛇的身體。I如果走出房間，就會避免自己跟別人形成同一列隊伍。如果在走廊上遇到其他人，他寧願選擇站住不動，這樣的行為，反而讓自己變成了貪食蛇裡突然出現的障礙物，久而久之，大家也都會避開他。I就這樣想著想著，在床上維持了同樣的姿勢到晚上九點鐘，I常設的鬧鐘響起時，身體還因為僵直而無法立即關掉鬧鐘，不知道什麼時候在寢室裡的房客拍打著床板以示抗議，I才關掉響鈴。

「4am，F1」來自仲介的訊息。這表示I接下來的睡眠時間不到六小時，他訂完鬧鐘後，蓋上被子悶住頭，將自己裹進與世隔絕的繭裡。

I整天的行程大概是清晨起床，到接待大廳拿無限量供應的吐司，接著到肉廠開始整天的工作。有時會在Price St.的A1廠，有時會到Wood St.的F1廠。I討厭去F1廠，除了比較遠之外，在那邊通常要刷地板一整天，有時候血水濺到頭髮或是滲進指甲裡，那一整天，身上的味道就像口袋裡藏了一塊腐爛的老鼠屍體一樣。I常懷疑工廠裡的肉不是活體現宰的，但從來沒有求證過，I不太常跟工廠的人互動，很多時候操作程序錯誤，要是沒有被人發現，I就會躲起來，如果被發現了，他也只是站在原地。大家每次看到他的樣子，無論正在為了什麼事情爭執或者討論，都會直接嘆氣並且接手。I也習慣別人在他面前毫不掩飾地表達無奈，他自己知道多做任何事情也只是多講幾次sorry而已。

有時候他會覺得，或許連sorry這個單字也不需要會，因為每次他講出來的時候，其他人好像也沒有在聽。

下午三點收工後，I會走路回Spring Inn，再度躺進104A時通常是四點半。

在澳洲沒有車等於沒有腳，但I只有腳，他不想付錢讓人載他上下班，更不想跟其他人交流。

Spring Inn 的背包客都認識I，但I不認識他們，跟他一起住過 104 的背包客 York 趁他去上廁所時，偷看他的手機，沒想到手機來往的訊息全是各個社群媒體的小編回應。

「您好，很高興為您服務，有什麼需要幫忙的嗎？」AA 型男衣酷站

「哈囉，歡迎來到漫漫宅園，想找什麼呢？」漫漫宅家園

「您好，所有屋款都有實況屋可以參觀，歡迎蒞臨現場。」山林居小管家

「請告訴我們您的需求。」廢墟研究院

I在 Spring Inn 原先沒有太多人關注，York 把消息傳出後，引起一陣討論。虹姨進來關心他，鼓勵I到大廳跟大家交朋友，做真實的交流。「什麼叫做朋友？真

實的交流是什麼？」I反問虹姨，當虹姨開始滔滔不絕的時候，I翻身再開啟下一局貪食蛇。虹姨最後自討沒趣走出104房。回到大廳裡，一群人七嘴八舌地揣測虹姨跟I的對話，這些對I來說，就像遊戲裡一次又一次的「Game Over」，他只要重新啟動下一局，上一局不管發生什麼，都不重要，這些背包客，只要找到工作，離開這裡，所有說過的話，也都不重要。

**Spring Inn**的房客大多是台灣人跟中國人，沒有走出旅館的話，會以為身處在台灣的某個廉價旅館。因為語言共通，彼此認識也容易，加上虹姨每過一段時間，就會召集租期一週以上的房客在接待大廳吃火鍋，大家好像圍爐一樣說說笑笑，在飯桌上交流彼此找工作的資訊，彼此互相介紹，或是有車的司機找乘客，在找到工作以前賺點外快。I的房間跟接待大廳僅隔著一片木板牆，要接收到這些工作資訊相當容易，但對他來說，全是噪音。當York在跟大家說I有多孤僻的時候，其實就站在離牆最近的位置。I不太在意他們說了什麼，因為只有I知道當大家在廁所發窘，向虹姨請求衛生紙支援的時候，York剛好帶著一包衛生紙回到房間，而他的床旁邊還有幾包剛開過的。

接待大廳裡討論得越來越熱烈，每個人一言一語想要模仿I在Spring Inn行走的樣子，將他比喻成鐘樓怪人，一時激動還撞上了牆壁。另一側的I，大不了就是重新開啟下一局遊戲，其實一點也不在乎，躺在104A操控著螢幕上的蛇，繞著一圈又一圈，死了就重新再來，真的沒關係，只要超過378分，他就會不一樣了。

某個深夜，虹姨打開104房的門，I正因為在370分止步心有不甘，像小孩耍賴一樣翻過來又轉過去，虹姨發現了I的躁動，提高音量說：「來，他是我們這邊的土地公、地縛靈，你有什麼問題問他，他不會對你亂來的，欸，自我介紹一下嘛！」虹姨走到I身邊輕拍他，I把棉被拉高蓋住頭，又變成了繭的樣子。

「Hi。」另一頭傳來一個年輕女子的問候。

I突然感覺背部一陣癢，語帶不耐地說：「你被單有沒有洗乾淨？我如果過敏不能上班，房租要打折。」I翻身把棉被裹得更緊。

「你自己不洗澡不要賴我的床單，下禮拜不準時交房租，我一樣轟你出去。」虹姨回頭改變語氣對女子說：「我們這邊很乾淨的，今晚真的比較抱歉，明天就有人退房了，我再幫你換到女宿去。」

I隔著被子聽虹姨跟女子介紹房間的配置，悶在裡頭愈感發熱，直到虹姨離開前丟下一句：「好好跟人家做朋友。」I才掀開被子大大地深吸一口氣。女子看著I的模樣逗趣，一邊關上門一邊發笑。I瞥了女子一眼，什麼也沒看清楚，僅看到走廊上照進來的光，反射在她的耳環上，閃閃發亮。

黑暗中，I沒有再多說什麼，女子慢慢地整理行李，房間裡細瑣的聲響，很像溫柔的白噪音，I不記得自己是什麼時候睡著的，只記得醒來的時候，房間裡多了淡淡的香味。

去年冬天，I躺在104A，那時候，貪食蛇的最高紀錄是265分。I連續奮戰了好幾天，甚至犧牲睡眠，拖著疲憊的身體上班，這樣不斷重複再重複，貪食蛇的身體越來越長，I將手機越抓越緊，手指開始發抖，最後手機掉落時，直擊鼻樑的痛覺清楚地提醒他又再一次「Game Over」。螢幕上的蛇困在自己身體裡。

大約 Game Over 了一百多次後，I 放下了手機。

I 揉揉鼻子，翻身將手機插上充電線，一頭埋進枕頭裡，多日累積在枕套上的酸味鑽進鼻腔，但他沒有挪動姿勢，比起 F1 場的腐肉味，這個味道至少還不算難受。

I 翻身仰躺，再拿起手機滑開螢幕，臉書上的動態貼文不是長輩的旅遊分享，就是廣告。他鬆了鬆手指仍感覺關節發疼，替幾個長輩的臉書按讚，從中看看他記憶裡的台灣有沒有什麼變化？在澳洲的前兩年 I 都沒什麼感覺，但到了第三年，當他隔著牆開始聽到一些無法理解的名詞時，台灣對他來說越來越像另外一個不熟悉的國家。虹姨有時會問他：「來這麼久你都不回去啊？」I 如果心情好的時候：「回去要幹嘛？」如果貪食蛇卡關好幾天，他連一聲回應都不會有。虹姨也看不明白這個年輕人，關心了幾次之後，就不再問了。

I 再點進幾個廣告的官方頁面，自動跳出的對話框「晚安，您有什麼需要嗎？」I 用食指按下「讚」回覆。「晚安，您的問題系統無法辨認，請您再輸入一次關鍵詞，謝謝。」I 關閉這個按摩椅廠商的頁面，繼續滑著臉書的動態貼文。其實他對台灣長輩的生活一點興趣都沒有，只是他的好友名單裡面，就是這些人，有幾個甚至不認識，只是看到共同好友都是同個家族的，他就接受了。他不想要一直看到長輩們的臉，所以常常點一些廣告頁面，比起讓生活有趣，他反而是想看看演算法會提供他什麼資訊？

過了不知道多久，DS舞蹈空間的廣告，在建商、衣著、旅遊、電玩的分類廣告裡，浮現出來。I不記得自己搜尋過什麼舞蹈相關的字眼，甚至覺得自己跟舞蹈沒有關係，他點開官方網頁後隨手按了線上客服的對話框，丟出一個讚。

「Hi，酷喔，讚讚讚！」DS網路客服的回應就像跟I熟識一樣，I從床上坐起來，滿是疑惑地盯了螢幕幾秒。

「想要學跳舞嗎？還是路過而已？」對話框又跳出下一句讓I不知道如何回應的訊息，他的手指在螢幕上方擺動，思索要回應的文字，卻遲遲無法鍵入。「嗨！」I對於自己無厘頭的回應感到困窘，馬上又按了一個讚。「哈囉，我是小舞，你很喜歡按讚喔，讚讚！」

I猛然坐起身，他意外地想發出一些喑啞的聲音，正準備說話時，喉嚨隨之而來的乾澀才提醒他已經兩天沒說話了，也很少補充水分，房間裡除了他以外，沒有其他人。I想著小舞回覆這些訊息時的神情，他甚至不太習慣有人跟他互動。

「我餓了，樓下雞腿便當好容易賣完，下次再聊，你叫什麼名字？」

「I，英文字母I，就是I。嗨。」

雖然I不知道小舞為什麼要告訴他雞腿便當的事，更不明白為什麼自己在制式的回答裡多增加了幾個字，但隨之而來一連好幾個讚，從小舞的發話端丟來，I的大拇指按住「讚」，壓在螢幕上一段時間才放開，藍色的貼圖慢慢放大，抖動，I的螢幕畫面上多了一個大大的讚。

「I明天見！」小舞傳來一張側臉照，深深的酒窩和耳朵上晶亮的耳環，I一時間雙頰發燙，背部發癢，他從來沒有過這種感覺。I抬起頭發現104意外明亮，他還發現門把上虹姨套了一個自己織的門把套。不知不覺中，他開啟了新的一局貪食蛇。

那天夜裡I躺在床上，看著小舞的照片不知不覺就到了上工的時間。

「你叫什麼名字？」女子躺在床上問I。I順口回應：「I，就是I。」I本來打算裝睡，卻被自己出賣。女子接著問：「你睡不好嗎？我叫Ada，台中人，你呢？」I吸了一口氣，發出長長的鼻息，「沒關係，不想說也不勉強，畢竟你有工作，我才剛到，晚安啦。」Ada轉身睡去。I從Ada的話裡第一次意識到，自己在某種程度上來說，是具備某種優勢的，他想起以前在學校的時候，總是看著那些比自己優秀的人——其實大多數的人都比他優秀——然後再想想自己，成績落後、異性緣差、交友圈小、近乎沒有話語權。

I想起當初順著父母的意願去念餐飲科，至少培養一技之長，誰料到不善交際的他，從來沒有人想跟他一起分組練習，各種排擠影響心理，再影響學校生活。畢業進了軍中，恰巧有同班同學在同單位裡，到處跟大家宣傳I在學校的邊緣化，同樣的境遇又再階級複製到了軍中，幸好當時一個較為陰柔的同袍，一起被排擠，一起跟I度過四個月的磨練，那是第一次他覺得有朋友的感覺。

退伍後，兩人說好一起到澳洲開啟新的人生，豈料才到澳洲沒多久，I又再度被排擠。當時I就睡 104A，朋友睡 104B，104C 睡了另一個台灣男生，英文還算不錯，看起來一副可靠的樣子，兩個人有時候用英文對話，I就背對著他們。

104C 剛住進來沒多久，I發現他們都睡在同一張床上，過了一週，104 房就只剩下I了。朋友離開的那天早上，I隔著牆聽見朋友對虹姨說：「我們不認識啊，他可能有病吧。」然後大廳內一陣討論，I就沒有再聽到朋友的聲音了。後來陸續換過許多房客，I記不得也不想去記得。

I本來以為可以在澳州重新開始，但第一天上工自我介紹的時候，他只說了一個字「I」，整組人看著他等了很久，工頭開口問：「I? Just I?」I點點頭，大家笑成一片。從那天起，在肉廠裡不管哪一國人，看到他，都會手指著他，看向旁邊的人說「I love you」或是「I hate you」，有些比較過分的會說「I fuck you」，偶爾他們也會把 you 變成任何人的名字。後來，I習慣了，當整間工廠的人都被I愛過或幹過以後，大家也就不愛了。I也漸漸只剩下I，不管是他一個人在某處工作，或是發生任何事的時候，大家就是拉長單音叫他。

「怎麼這麼壞？」小舞／21:23

「沒關係，學舞的人都很善良。」小舞／21:23

「你可以來這邊找朋友啊！」小舞／21:24

小舞每次聽完I的經歷，都會講出讓他害羞得不知如何反應的話。

I從來沒有想過他們壞不壞，他只想要每天都能有飯吃，貪食蛇可以趕快突破879分，因為那是他看過網路上最高的分數。

I距離目標還有六百多分，他幻想自己達到880分的那一天，說不定會是假日，可能**Spring Inn**的人都會出去玩，大廳裡會很安靜，他可能會開心得叫出來。他會去中國城裡，吃雞腿飯，然後拍照給小舞看，因為他記得小舞喜歡吃雞腿飯，尤其是沒吃過的，他相信小舞一定沒有吃過澳洲的雞腿飯，想到這些I的嘴角就不自覺上揚，螢幕上的貪食蛇在他的操控下，似乎也變得更靈巧。

那陣子，I每天都會在晚上九點傳訊息給小舞，台灣時間差不多是吃完晚餐的時刻，小舞都會先貼出最新的課程，偶爾傳上課的實況給I看，看著螢幕中舞動的身體，I有一次回覆了「哈哈哈哈」，小舞問他在笑什麼？

I將舞者們排列的隊形看成了貪食蛇，本來以為告訴小舞後，會被她嘲笑，但讓I感到意外的是，小舞並沒有像以往笑他白痴的人一樣，反而跟他解釋排舞的編排以及舞風的差別，從Waacking的甩手動作，再到Krump模仿猩猩擺手的起源，那些小舞說的，還有網路資料，I都會在九點前再複習一次，深怕小舞再提到的時候反應不上。他注意到小舞傳來「韓國MV舞蹈課」的時候都會跟著哼，於是那段時間，連虹姨都注意到I隨身帶著手機在Spring Inn的各個角落放著韓文流行歌。

「你要交韓國女朋友噢？想當歐巴嗎？」虹姨喜孜孜地對準備上工的I說。I沒有回應虹姨，咬著吐司轉過身，一步一步跳出Spring Inn。

其實I也沒有料到會跟小舞有這麼多的互動，小舞不僅跟他聊教室的資訊，也跟他分享台灣的一切，很多時候，小舞也被I的回覆逗得頻頻按讚。

「你住大仁街32巷？」小舞／21:41

「哪有32巷，我就住30巷耶！」小舞／21:42

「我記錯了，是34巷。」I／21:42

「你家都會忘記，你真的住在家裡嗎？哈哈哈。」小舞／21:43

「我很少寫我們家地址。」I／21:43

「哈哈哈哈，你是不是只記得澳州地址？忘記了台灣的。」小舞／21:43

「對，好想回澳洲！」I／21:43

「那你上完課再去！說不定我們可以一起去。」小舞／21:43

「我也想要去打工度假，讚讚。」小舞／21:44

那時候，I的手機記事本裡有一個檔案夾，裡面記錄了小舞更新的資訊，像是路口的飲料店換成關東煮，YouBike站點增設了兩三個，共享機車的區域擴大到連高雄都有了，當然也包含大仁街三十二巷已經消失了。

I每天除了看小舞的街舞資訊以及她的側臉照以外，就是比對小舞說的資訊，校正他自己的記憶。他打開Google Maps的街景導覽，搜尋小舞說的飲料店名字，還有其他小吃攤的名字。I很意外小舞竟然就住在他大學租屋處的隔壁巷子，小舞曾經問過他念哪一間學校，但當小舞說出自己是台大之後，I突然想起那些在學校裡比他優越的人，隨意向小舞說晚安就下線了，對他來說，這不算撒謊——只是沒有說而已。那天晚上他就是打開街景導覽，從以前的租屋處開始，隨著螢幕上的箭頭，沿著街景回到學校。

I沒有跟小舞說的事情除了學校之外，還有正在等待工作簽證的他，其實不在台灣。每次只要小舞提到超出他記憶範圍的事情時，I就會在腦中把自己縮小，像是**Google Maps**上的縮放功能一樣。從躺在**104**房的**A**床上面開始，縮小之後會看見整棟虹姨經營的**Spring Inn**，再縮小，**Bowen Hills**的區域浮現出來，再縮小，昆士蘭州、澳洲東岸，直到最後好像能夠同時看見台灣跟澳洲出現在同一張地圖上。I會相信小舞就在他的旁邊而已。

不知道從什麼時候開始，I越來越害怕跟小舞講台灣的事情，有幾次甚至讓小舞覺得I變得嚴肅，沒有以往放鬆，小舞總笑他活在另外一個世界，每當小舞這樣說的時候，I就會發出一長串的笑聲回應。

「哈哈哈哈哈哈哈哈哈哈哈哈哈哈哈哈哈哈哈哈哈哈哈哈哈哈哈哈哈哈哈」I／21:28

這天，因為工廠消毒，所以I休假一天。工廠上班收入穩定，I已經不像剛來澳洲的時候，隨時都會把身家花光。他躺在床上想著昨夜Ada說的「畢竟你有工作」，Ada的聲音在I的腦袋裡揮之不去，即便打開貪食蛇，Ada的聲音就像無限循環的配樂，跟著螢幕上的蛇繞來繞去。如果Ada只住一個晚上就離開，或許I不會想這麼多，但虹姨一早就特地來提醒I要把握機會認識Ada：「人家是個善良的女生，又有禮貌，還很貼心，說不用特地為她再清潔房間，而且她相信你是好人，不會對人家怎樣，還有啊，她今天一早就出去找工作、投履歷，你看有沒有機會跟她到別的地方走走嘛！」I斜眼看向虹姨，起身躲進廁所裡，直到其他房客抱怨廁所不夠用時，虹姨才在門外拜託I出來，並且保證不再多嘴。

I回到房間看向Ada的床位，東西不多，收拾得很整齊，會讓I想到她率直的談吐。

其實不用虹姨提醒，I對Ada的長相也是好奇，只是他從白天躺到了晚上，也沒有等到「人家」回來，最後才關燈沒多久，準備睡覺的時候就聽到微弱的敲門聲，I上前替忘了帶鑰匙的Ada開門，藉著走道上的光，他看見Ada除了耳環依然閃亮之外，臉上還有半片的胎記。

「嗨。」I試著吐出一些話。

「比昨天熱情，今天心情不錯？」Ada邊講邊走進104房，她外帶了一個蛋糕給I，進門就放到I的床上。

「謝謝。」I再度試圖講出第二句話。

Ada笑了出來，以為嚇到I了，開始把胎記帶給別人的驚嚇史講一遍。從國小一路被笑到大，所有人都以為她是來澳州賺一桶金回去整形的，只有她堅定地相信，不需要任何原因，也可以不顧一切地前往一個地方。

「對不起。」I講出第三句話。

Ada大笑起來，聲音大到隔壁的房客敲牆警示。Ada說：「你第一句話講一個字，第二句話講兩個字，然後第三句話講三個字，那等一下你要講什麼？」

I沒有意識到自己的語言系統有這樣的排列，他抓著頭呵呵笑了起來：「我不知道。」

I的話才一講完，兩個人一起笑了出來。那天晚上，兩個人在104房裡分著一個蛋糕聊了整夜，睡前Ada問I說：「有人說過你很酷嗎？」I停頓了一下，想起了小舞，他笑笑地回：「沒有。」然後互道晚安，各自轉身睡去。

Ada的呼吸聲平穩地從I的身後傳來，他看著眼前的牆壁，心裡想的全是小舞的側臉和耳環，還有深深的酒窩。那時候他的貪食蛇還不到三百分，可是小舞會對他按讚，而且說：「酷唷！」

跟小舞在網路上一言一語往來也一個多月，雖然中間小舞曾經抱怨過I消失兩三天都沒有回應很不夠義氣，但她馬上恢復平時古靈精怪的狀態。

I總是擔心自己「沒說的事情」會讓小舞不開心，但也不知道該怎麼找到一個時機點結束這一切。某天，I準時在九點出現，丟了一個讚給小舞，但小舞讀了訊息後，隔一段時間才有回應。

「嗯。」小舞的回應從來沒有這麼簡短，I一時間慌了，但這一個多月來，他的表達能力並沒有提升多少，雙方沉默了將近十分鐘。

「你可以來上課了嗎？」小舞／21:17

I鬆了口氣，他不怕小舞邀他去上課，而是怕小舞發現他不在台灣。「我最近工作比較忙，再過一陣子。」小舞又沉默了一陣，「我真的會去，真的。」小舞僅回傳一個比讚的貼圖，那天夜裡兩人的對話只有這樣，到了準備要睡覺的時候，I甚至不敢再傳任何訊息給小舞，最後，小舞傳了一則稍長的訊息。

「店長說我應該要多開發其他的客人
可是我一直相信你會來
但你好像不會來
我這個禮拜的業績不夠
你可不可以來幫我，拜託

我都陪你聊這麼久了
你也很有興趣對吧，讚讚！
我們星期六是結算日
你那一天來也沒關係
那天有韓國 MV 舞蹈課，你一定會喜歡
等你喔」小舞／22:13

I還沒有睡，他知道小舞回傳了訊息，點開之後，他一直看著螢幕直到清晨，接著上班……下班，走路回 Spring Inn，躺回 104A，貪食蛇、訂鬧鐘，睡覺，然後又是下一個清晨。就這樣一直到了星期日，I都沒有再打開臉書。認識小舞以前，他的手機功能只有玩貪食蛇、收工作簡訊，還有設定鬧鐘，沒有打開臉書對他的生活常規來說，不會受到任何影響。

自從那個星期日以後，I就不在晚上九點的時候打開臉書了，他又躺回去 104A，也不在 Spring Inn 放韓文歌，虹姨本來還想請他跟韓國旅客交流，但除了上下班以外，I幾乎沒有在任何人的視線裡踏出104房。I關閉了臉書的通知提醒，星期日那一天，在軟體旁邊的數字標碼是9，可能是小舞傳了九則訊息給他，也有可能就是九則廣告通知。

I又開始重複同樣的生活，那時候天氣也開始變冷，每天晚上，他躺在104A上把自己包裹起來，像之前一樣，這是他習慣的姿勢。

過了幾個月後，有一天I走路回家的時候，路人從身後替他戴上聖誕帽，他才意識到街上人聲鼎沸，正在慶祝節慶。I走回Spring Inn，躺到床上，發現臉書軟體的圖示也戴上了聖誕帽，他心血來潮打開臉書，似乎忘了自己為什麼這麼久都不看訊息，他點開來小舞的訊息，才發現小舞已經知道那些「沒講出來的事」。小舞在找澳洲打工度假的消息時，看到臉書社團的奇聞分享，發現了I在Spring Inn裡受到大家關注的傳聞。小舞傳了許多訊息來反覆確認，I看著一則又一則的訊息，忽然間有點慶幸自己沒有點開對話框。

那個聖誕夜，他走出Spring Inn望著中國城上空不時綻放的煙火，I坐在路邊對著每個經過的人喊「Merry Christmas」，一次比一次大聲，起先路人也會回應，後來時間越晚，就越沒有人理他了。當路上只剩下他一個人，煙火也不再綻放，整個路上變得冷冷清清，他才慢慢走回 Spring Inn，躺進 104A。

I 躺在床上，拿出手機的時候，手都還在發抖，他打開貪食蛇，那天晚上，突破了三百分，312，他沒有告訴小舞，他解除與小舞的臉書好友關係。

Ada 興高采烈地衝進房間，在 Spring Inn 住的第二週，她找到工作了，在市中心當餐廳服務生。I 雖然沒有什麼工作經驗，但他知道那是一份需要英文程度不錯的工作，Ada 又帶了一塊蛋糕回來給 I，同樣放在 I 的床上。

I 聽 Ada 說著面試的過程，一邊玩著貪食蛇，最高紀錄還是 378 分，他看著分數從 361 開始越來越逼近，心跳也跟著加速，同時 Ada 仍不停說著，直到 Ada 拉住他的手，手機螢幕上浮出 Game Over 的字樣，他才意識到 Ada 在說什麼。

I 放下手機，看著 Ada，發現 Ada 對著他笑時，整個臉都在發光，已經不是只有耳環在發光而已，他開始注意起 Ada 的胎記，顏色似乎比印象中的還要深，也同時發現 Ada 是一個沒有酒窩的人。

兩人沉默了將近半分鐘，「你幹嘛不說話？」Ada 先開口提問，「我累了，先睡。」I轉過身拉起被子，Ada 積極地告訴I，由於餐廳非常缺人，她把行李收一收就要搬去市區住了，她也幫I問了一份洗碗工的工作，想邀請I一起到市區，但I沒有任何回應。Ada 不理解I的行徑，但什麼也無法壓抑她心中的歡喜，她跑到櫃台去告訴虹姨，一陣歡呼聲隔著木板牆傳進 104 房裡。I再度將手機拿出來，打開臉書，滑著一則則廣告，他點開了一個淡水新市鎮的建案官方網站，點開網路客服，對話框裡立刻充斥各種問句。

「您要看房嗎？」

「你需要什麼坪數？23／36／47，請直接輸入坪數。」

「您居住在哪呢？」

I按了一個讚。「好的，我們將為您轉接客服人員，請留下您的電話。」I又按了一個讚，「好的，我們會盡速與您聯繫。」I又按了一個讚，「謝謝您的蒞臨，富麗海景，世界景觀，心海城歡迎您。」I冷笑了幾聲，挪了挪身子連續按了幾個讚。他聽著外面的腳步聲，大家興奮地跳來跳去，接待大廳的大家來來去去，而Ada帶回來的蛋糕，不知道什麼時候掉到地上沒有人發現。

# 關於佛系少女的獨白

時序跳接。同一人物不同的生命狀態以不同的名字搭配不同時間節點表示。括號內的話，與其說是找一個對象訴說，更像是跳出思緒之外，以一種抽離的狀態，在面對眼前發生的事情。

場景多變，在現實、想像與回憶之間交疊。

**第二次到澳洲的安格斯：**

「餅乾吃完，就要開始囉。」這是我每天都會對小慈說的話，她不會回應，只是對著我呵呵笑著，一雙大眼睛像草地上反射著陽光的湖面閃爍。

在澳洲過了三個月，我跟小慈最常待的地方除了車上，就是Caboolture公園。我們總是先到朋友家借烤箱，烤一些餅乾，時間允許的話，還會做一些蜂蜜蛋糕或蛋塔，這些全是小慈的拿手甜點。我總開玩笑要用她的名字開一間甜點店，因為在澳洲的背包客通常廚藝不是很好，更不用說做甜點，小慈的手藝已經可以稱霸澳洲了。我講再多次同樣的玩笑話，小慈也依舊買單。她跟平常一樣呵呵笑著回應我的話，但我分辨得出來她的笑是有所不同的。她得意的時候，像蜂蜜一樣，笑聲一波接著一波，全部黏在一起，害羞的時候像麵粉，輕輕的，氣音會多一點，疑惑的時候也會笑，聲音會像蛋塔，總有內餡被悶在裡面，不剝開的話很難知道。（小慈表達情緒的方式其實很多元，只是大家普遍認為只有笑跟不笑的差別而已）。

Caboolture 公園很大，橫跨馬路的兩邊，一邊是民眾野餐、遊戲的草皮區，還有羽球場、溜冰場，另一邊是河，河面上有鵜鶘，偶爾會有鵝出現，沿著河岸是可以讓人停留休憩的地方。澳洲的動物不怕人，很兇猛，因此很少有人會到這一側。小慈覺得鵜鶘跟鵝還有薑母鴨店鋪招牌上的鴨是同一種生物，覺得很親切，常常會忍不住開心地想要追鳥，如果帶她到這一側來，我必須要小心盯著，以免她被攻擊，除非想家，或特別累，或慶祝特殊的日子，否則不會到這一側。

小慈如果開心成一百分，就會開始哼歌，哼的方式就是「哼哼生日嗯……嗯，祝嗯生哼嗯嗯……」今天跟她一起看到噴水池噴出水花的時候，她哼起歌來，我已經很久沒有聽到小慈哼歌了，第一次聽到她哼出音符，是在四年前的課堂上。

那時候安格斯這個名字還沒有出現，小慈也還只是普通班級裡的國中生。

**四年前的安格斯：**

「我叫王仁傑。」這應該是我跟小慈講的第一句話。那時剛到彰化的一間國中當兼任老師，負責整個年級的表演藝術課。我嘗試各種挑戰，不管是帶學生出校門上課，或是寫一本全年級傳遞的交換日記……很多時候為了引起學生注意，我像是在演獨角戲而不是教課，光自我介紹就講了十六遍。

從那個時候開始，常常會有兩種意識同時存在我的腦袋裡。一個是做好教學本分的老師，另一個是設計橋段注意學生反應的演員。

每週一次的課程，實際上並沒有足夠時間讓我了解學生，才會一直忽略像小慈這樣的學生。

有一次我要求學生上台分享，不管是新聞事件或是自己的故事都可以。輪到小慈上台的時候，同學莫名鼓譟。

「老師，你不用管他啦！」

「吼唷，又是她，老師，可以做自己的事嗎？」

「你快一點。」

我平靜地看著這些情緒強烈的學生（同樣的狀況在其他班級發生過，但眼前我卻不知道該怎麼做），然而當我看向台下的小慈，沒想到她竟然呵呵地笑著，任由身邊的言語不斷地增加，她坐在人群中，像是坐在一顆光彩炫目的泡泡裡，這些聲音似乎傳不進她的世界。我一度以為看到一尊小佛像，在那個瞬間，我甚至在心裡替她取了一個尊號「小慈佛」。我回過神之後問班長：「是怎麼回事？」

「她是特殊生。」沒有過多的形容，班上也在班長的回應中沉默，而小慈依然呵呵笑著。

我走到小慈桌前問她願不願意上台，她一邊呵呵笑一邊點頭。那一堂課剩下的時間裡，我站在小慈身邊對她說：「慢慢來，沒關係，以你自己為主，不用管別人，你想講什麼就講什麼。」（其實我也害怕她一直不出聲）。我看著台下的同學，一開始還會看著我們兩個，接著有人開始趴下，有人開始拿出其他科的課本，直到下課前五分鐘的時候，小慈才輕聲地把一首生日快樂歌唱出來。

「台下掌聲。」我要求同學配合，雖然聲音稀落，但我依然笑著看小慈回座，那一段過程，整間教室裡，我只看著她的背影，好像有一個光圈跟著她移動，等到她回座，確認接收到我給她的掌聲之後，才把注意力轉回班上，開始做我的獨角戲ending。

**在澳洲的小慈：**

我不記得第一次上台的樣子，呵呵。可是老師第一次講名字好大聲。

老師問我，我不記得第一次的時候，呵，窗外的天空很藍。今天我們去好遠，到比較山上，這裡的房子很漂亮，呵呵。我知道這裡是澳洲，從台灣坐飛機要好久。黃昏的時候光會變化，有很多不一樣的顏色，有藍紫色，還有蛋黃的顏色還有一點點綠，好像上面灑了蔥一樣。我喜歡橘紅色跟漸層的黃色，很像佛堂的顏色，很安心，呵，而且這邊不會有媽媽，不會逼我去佛堂，我覺得這樣比較好，呵呵。

我記得這是我第一次搭飛機，可是不記得第一次上台耶。

跟老師送完餐之後，有幾道光從雲跟雲之間的洞射出來，很像佛祖要出現的樣子。如果趕快完成，我就會拜託老師帶我去看雲，看天空的時候心裡好平靜，呵。

兩個人習慣在送餐的休息時間聊天，坐在車上看天空是常備場景。

小慈在澳洲很常笑，不管她是不是有精準回答問題，安格斯都會讓她講完。

安格斯認為好好講話，好好地聽話，是很重要的。

## 第一次到澳洲的王仁傑：

才到澳洲沒幾天就進 Stanthorpe 的山上，山上的天空跟城市的不一樣，比較開闊一點。我喜歡盯著天空看，總是站在房子外面跟家人視訊：「這裡就是住在像清境農場的山區啊，天空很乾淨，沒有什麼大樓。」

那時候我在一間韓國工頭為首的草莓農場。第一天糊里糊塗聽了一堆英文，還有工頭敷衍式的採收教學，接著就直接上陣，整天下來，抓了很多顆草莓，也吃了很多顆，幻想接下來的日子都會如此（可是直到第一週結束，我不知道時間是怎麼過去的）。沒料到竟然水土不服，拉了幾天，工作時間更是艱困，清晨會冷到骨頭發疼，還沒到中午氣溫開始升高，變得悶熱，加上山區空氣稀薄，常常在採莓彎腰起身的時候，一口氣差點呼吸不過來。一邊跟天氣對抗一邊要顧及自己的草莓，一籃將近三公斤，十籃在推車上是常有的事，當車子陷入泥淖，其他人又已經完成採收換到另一區了，一大片草莓田就只剩下我一個人吃力地推著車前進，不管天空再怎麼開闊，眼前看見的只有一灘爛泥，以及滴下來的汗，輪子總是陷在同樣的地方轉不出去。

我找不到認識的人幫忙，英文也講不好，常常別人講了一串韓語、英語交雜的話之後，我只能點頭呵呵笑，在這些時候，我又開始想像自己在演一個角色，試圖讓自己在忍耐的過程當中不會太難受。

（我相信我在工作時，看起來的構圖一定很美。萬里無雲的藍天底下，穿著顯眼的螢光色工作服，在一大片田裡特別顯眼。困在原地的我，好像詮釋澳洲打工度假版的薛西弗斯）。

其實我過得並不如預期順利，但當時所有人都以為去澳洲就是新世紀的淘金計畫，就算沒有賺到錢，也能出國去玩，一票人羨慕得要死。每次朋友的留言總是帶著過高的期待，有關於異國戀情的，也有人生第一桶金的，我對照出發前諮詢過的建議，才知道大多數從澳洲回台的背包客不全然都說真話。

**當時小慈剛畢業，進了高職，不時傳訊息給王仁傑。**

「老師，您好嗎？」

「好啊，你呢？」

「好。」

「要加油喔！老師也很努力生活，你也要加油。」我說。

小慈回應笑臉貼圖。

在農場裡，韓國人總是聚在一起，農場內大多因為互相介紹而來，我因曾經教過的學生與工頭交往而進來，入職之後發現根本無依無靠，因為該死的學生跑出去玩了。

他們很常辦活動，工作完沒事就串門子，烤肉、唱歌，一群人鬧哄哄的。室友常載我出門參加，我知道這是打進圈子最快的方式，但很多時候我就是坐在角落，看他們狂歡。他們有時候指著我笑，把我丟到中間拱我表演。農場裡的韓國人英文發音沒有很標準，Angus每個音節都加重音，整個舞台周圍一群人不斷叫著：「安格斯……安格斯……」直到我開始扭腰擺臀（設定安格斯這個角色很愛跳舞），大家才停止起鬨。其實當我真的開始表演之後，他們也都不看，大口吃著五花肉夾生菜，唱韓文歌、喝燒酒。當時我頭頂上的燈光在眼裡閃爍了起來，不知道為什麼忽然想起與小慈相遇的那堂課，我希望有個王仁傑，可以跟我一起站在眾人圍起來的圈圈裡，不管做什麼都好。

時空偶爾像是靜止在某一刻，世界就像停頓了一樣。

後來我離開了，換到台灣人較多的覆盆莓農場。離開前，有一對情侶住進我的房間，本來想把我的工具送給他們，畢竟我用不到了。我還來不及交接，只聽到男生說他叫作Z，女生看起來鬼靈精怪的，然後我就被工頭推出門了。

## 第二次到澳洲的安格斯：

「五、四、三、二、一。休息完了，吃藥時間。」每天快要五點以前，我會慢慢倒數給小慈聽，她會閉上眼睛，像是享受這最後幾秒的安寧。每天定時吃藥是我們的既定行程，我不確定藥是否有效？但至少可以確認在夜晚送餐時，小慈不會受到對向車道無端打出的大燈刺激。

還記得剛和小慈到澳洲的那段時間裡，有一次她在車上受到刺激，全身僵直、口吐唾沫、眼球微微上吊，露出眼白，我被嚇到了，我沒有見過小慈變成這樣，我將車停在路邊，五分鐘後，小慈癱軟地躺在副駕駛座上。

「老師。」

「怎麼了？」

「念經。」小慈說。

「你累了，我放錄音帶，我們用聽的，一樣有效。」

「觀自在菩薩，行深般若波羅密多時，照見五蘊皆空……」我跟著小慈一起念。佛經就像背景音樂循環播放。小慈嘴中混著口水糊成一團，我遞了衛生紙給小慈擦乾淨。

小慈有癲癇，當初家人以為是業障，將她送去佛堂打工，跟著念經修行。他們告訴小慈，念經可以讓她的病好起來，時間久了，小慈也相信，只要癲癇發作，就念佛經。後來才因為不斷受傷，有一次倒在馬路邊被鄰居看到送醫，才開始吃藥。

我不知道吃藥或念經哪個比較好？但小慈需要一個可以安定心神的方法。

我沒有想過竟然會帶著小慈來澳洲二簽。我第一次過得度日如年，本以為回台灣就不再踏上澳洲的土地，但現在卻跟小慈兩人住在一輛轎車裡，這輛是我們的家也是生財工具。很多朋友問我為什麼不租一個地方，睡得比較安穩。「想存錢回台灣。」是我不變的回應。許多人也都臆測過我與小慈的關係，但無所謂，只要我自己清楚在做什麼事情，菩薩也會知道。

只是許多個夜晚，在漫漫長路上找一個比較溫暖的停車格安頓時，看著旁邊睡著的小慈，我總想著，到「底」會到哪？哪裡會是盡頭？

**第一次到澳洲的安格斯：**

第一年來的時候我根本不會開車，還記得從網路徵求回頭車往 Stanthorpe 的路上，往窗外看出去，一模一樣的風景維持了超過三十分鐘，藍天綠地、馬路矮房，睡下再起來還是沒什麼變，唯獨沿路看到的牛群、羊群、還有袋鼠屍體的數量會有所不同。那時候我看著前方的路，就算打開 Google Maps 也不知道自己在哪。

在農場經歷一段痛苦的日子之後，決定離開 Stanthorpe 去 Caboolture 的路上，想起那些韓國人看著我笑的樣子，還有陷在爛泥裡面，怎麼推也推不動的輪子，對於我在哪裡？做什麼事？也不需要再去追問，因為不會有答案，跟搭車一樣，無論東西南北，都是向前開。

到了 Caboolture，我跟以前打工的同事住在一起，生活也在一起，那時候開始有人照應。一起出門的時候，在路上唱著一首一首學生時代的歌，蕭亞軒〈一個人的精采〉、張惠妹〈記得〉，也會跟著張震嶽高唱：「不要回來，你已經自由了，我也已經自由了！」有時遇上當地人的車，聽到會唱的英文歌，兩台車甚至一起唱起來，在車裡搖擺，那是我在澳洲第一次感覺到快樂。

「老師，您好嗎？」

「很好啊，到了新的地方，我的朋友都在這裡，很開心。你呢？」

「不好。」

「怎麼了？」我從大家聚餐的客廳回到房間。

「同學。」

「罵你？」

「老師也罵。」小慈接著說。

「有跟家裡講嗎？」

「媽媽罵。」

本來準備出去跟室友玩桌遊的我，接到小慈的訊息，看著螢幕好長一段時間不知道怎麼回應（我什麼都做不了），外面朋友們的吵雜聲流進房間，我彷彿聽不清楚他們在說什麼，聲音進到房間裡全部都模糊了，就好像隔著一層膜。

「你好了沒？快點！大家在等你。」朋友靠在門邊喊我。

我在手機螢幕上敲下一些字。

「小慈，老師手邊有點事，但老師不會不理你，我晚點回應你好嗎？」

傳出訊息後，走到客廳的路上我始終低著頭盯著螢幕。小慈回覆了「好」之後，沒有其他更多的訊息。有時候我甚至希望小慈可以多一點回應，這樣會減少一點我的罪惡感。

我回到客廳跟大家玩桌遊「天黑請閉眼」一種找出兇手的心理遊戲，我一直被殺死，一直被罵笨，但我就是一直笑，呵呵呵呵。因為我發現，如果我也跟著笑，大家的歡樂似乎會延續得久一點，其實每一次主控人喊：「天黑請閉眼」大家閉上眼睛的時候，我都希望永遠都不要張開。

我早預料到會有那麼一天，這個感覺跟當年放學後，我把車停在路邊，打電話給家裡的時候，跟媽說：「我不要教課了，太難了，真的太難了，我救不了他們。我要怎麼叫他們的爸爸不要吸毒，我要怎麼跟學生說，你自殘沒辦法讓事情變好。我又怎麼可能隨時看著那些霸凌同學的人，讓他們不要嘲笑這些坐輪椅的、講話不清楚的同學，我根本做不到。」我並不記得回應是什麼，但我坐在路邊低著頭哭了好久，我以為當時的我是因為自己的無能為力而哭，直到現在才知道，我是因為家裡有人可以回應我。所以每次收到小慈的訊息，或者其他學生的訊息，我都會回覆，就算按個讚也可以。

那天晚上我沒有睡，就看著掛在天花板正中間的吊扇有氣無力地轉著，發出機械式的哀號，咿哎咿哎。我已經跟房東講過很多次了，但房東總回應：「不會掉下來砸死你就好了。」有時候我就希望真的砸下來，吊扇也不必再耗損，我更不用一直看著吊扇費力地旋轉，焦慮何時才會落下，一切換新之後就好了。

深夜裡，我傳訊息給小慈：「對不起，老師一時間找不到辦法幫你，但如果你需要人聊聊天，隨時都可以傳訊息給我，我會盡量找時間回覆你，要加油喔！」

凌晨四點，吊扇依然一圈又一圈地旋轉，持續地發出壞掉的聲音。我以為傳完訊息心裡會好一點，起身在房間裡走來走去，我看看時鐘，才經過五分鐘。我躺回床上等天亮，等上工，馬路上傳來一些車聲，我又想起開往 Stanthorpe 的馬路，或者，開往 Caboolture 的路，無論是哪個方向，都沒有盡頭，也不清楚到底是為了什麼要一直前進？

過了幾個月，我在網路上找到小慈的國中同學，打聽之下才知道，在小慈讀的高職裡沒有資源班，在學校裡沒有人跟她當朋友。時間久了小慈身體甚至出現狀況，頭上長溼疹、皮膚有蕁痲疹，問題一直發生卻無法解決，後來休學就不再去學校了。

「你好嗎？」我第一次先開口問小慈，這才想起自己從來沒有主動關心過小慈。

「老師好。」小慈回覆得很快，可以感覺到螢幕另一端的情緒有所不同。

「你最近過得怎麼樣呢？」我問。

「去佛堂，還有烤餅乾。」小慈說。

「你打字變快了，表達能力有進步喔！」我說。

「謝謝老師。」

「去佛堂還有餅乾拿，不錯喔。」

「學餅乾。」小慈貼了一張做蛋糕的照片，接著又立刻傳來訊息：「老師您回來，做給您吃。」

「好啊！期待。」

「老師您好嗎？」

「好啊！你要繼續加油喔！」一如既往的回答。

「老師有您真好。」

我回應笑臉貼圖。

一切都會過去的，在澳洲的台灣人有時會這樣勉勵自己。

一個地方待不下去，就換一個地方，澳洲這麼大，不用擔心沒有工作可以做。

我一直維持這樣的心情，認為沒有什麼真正難的事。有天在車上，同事說：「我們根本就是你的浮木啊，不然你還在山上採草莓採到哭，或是已經被詐騙，然後棄屍荒野，跟那些路邊的袋鼠屍體一樣，死了也沒人問。」我呵呵笑，沒有否認他們說的，我心裡也知道，為了要在澳洲活下去，在遊戲的時候跟著他們笑，在路上的時候跟著他們一起唱歌，在工作的時候看著大家排擠不喜歡的人，建立自己的小圈圈，而我就在小圈圈裡面。小慈問我好嗎？我沒有告訴小慈的事很多，可是我也要說服自己，每天都比過去好一點，只要試著前進，就好了，無論要去哪。

**在澳洲的小慈：**

現在很好，我覺得。老師會讓我拿餐點下去給客人，呵呵呵，他看著我穿過有小花的草地，地有一點滑。我站在有天使雕像的門前，客人開門笑嘻嘻，我也笑嘻嘻，客人一手抱著小嬰兒，一手拿午餐，我會跟她鞠躬謝謝，九十度彎腰，客人好像都不知道該怎麼反應，我覺得他們好好笑。老師會偷偷傳訊息給客人解釋，我都知道，呵。後來客人都會跟老師稱讚我，呵呵，老師也會跟我說他們說什麼，然後我就會把頭靠在窗戶上，唱歌，老師以為我不會唱，想要教我，可是我會唱啊，呵，老師好好笑。我知道這樣每天一個客人稱讚我，好多天加起來，就會有好多客人，這樣比以前還要快樂。

我想要許願，希望老師也可以快樂，呵，因為有一次我在外面鞠躬的時候，發現老師趴在方向盤上睡覺，我希望老師在作夢的時候，也會很快樂。

兩人送餐時間長短不太固定，但黃昏時一定會稍作休息。澳洲房子不高，天空顯得遼闊。黃昏時彩霞的變化很像轉換晝夜的場景之間，在天空這一大片布景上，投影出的轉場燈光秀。

安格斯希望小慈在澳洲的日子裡，每天都能執行這樣的設定。

**結束第一年打工度假回台灣的安格斯：**

在澳洲的第一年，撇除一些與人相處的潔癖不談，我確實有一段時間考慮要不要留在澳洲？日子平順得讓我忘記了時間。一簽結束了，踩回台灣土地上的第一時間，我還不太確定自己本名叫王仁傑。一切像是一場夢，回家的路上，我還在習慣天空沒有那麼藍，路邊不會有袋鼠屍體。

回台後各種行程填滿生活，幸虧存了一點錢，才可以鬼混一段時間，不至於讓生活又必須追著錢跑，即便有許多飯局，但我心裡總覺得似乎少了誰沒有見到，直到又看見小慈的訊息，我才想起，在澳洲的那段時間裡，小慈幾乎沒有和我斷過通訊，即便對話簡短，頻率也不固定，但每一次的移居，或是轉換工作，我都有跟小慈說。我每次都會回答她：「我很好，你也要加油喔！」就這樣斷斷續續過了一年。

「老師，您回來囉？」

「對啊，你好嗎？」

「好，您好嗎？」

「好。」

「老師，您要不要來佛堂？」小慈突然問。

「好，我有空就去。」當時我正在跟朋友聚餐，我隨手回覆小慈。

其實就算沒有跟朋友聚餐，當時我也只是隨口答應，即便知道小慈並不會察覺，但當下我就是認為，只要一直有回覆她訊息，不去也不會怎樣。後來，小慈幾次邀請，都沒如願成行。

某天我躺在床上發懶，小慈又傳來訊息了，原先我想擱置不管，但不知道為什麼手機無論怎麼擺都特別顯眼，我慵懶地撿起手機查看。

「老師，您要不要來佛堂？」

「好，我有空會去。」

「我昨天癲癇又發作，很多地方受傷。」

我沒有第一時間回覆小慈，上網查了一些跟癲癇相關的資訊。內心想著應該沒關係吧？晚點再記得回覆就好……。我內心閃過各種念頭，翻來覆去。（我是爛老師）原本打算像過去一樣問小慈好不好，說一樣的台詞，（一樣地敷衍）要她繼續加油，所有事情都會好的。可是，真的嗎？

後來我真的到佛堂了。

在門口和招待人員打過招呼後，終於見到小慈了。小慈看見我，就像當初我認識她一樣呵呵地笑，身處在佛堂裡，小慈特別像一尊小慈佛。旁邊經過的師姐說：「小慈看到你來很開心喔。」我跟著禮貌微笑。小慈縮在一旁低著頭。

「帶老師參觀一下吧。」我拍拍手，提振精神說。

小慈帶著我在佛堂裡繞著，從講課室、讀經間、再回到佛堂……其實小慈並沒有太多形容，更像是我在介紹，講到小慈認同的地方，她會點頭回應，其餘的則是呵呵笑著。我站在大廳中間轉了一圈，想知道當我在韓國人面前扭腰擺臀的時候，小慈在這裡嗎？我看著牆上頭擺式的電扇慢慢轉著，我持續想，小慈癲癇發作的時候，她是坐在讀經間休息？還是倒在地上？

小慈站在樓梯口發愣，我發現她的頭頂上有一盞燈，小慈被包覆進昏黃的光圈裡，身旁一切似乎都被我忽略了，只剩牆上掛鐘清脆地響著。

看著她的背影，我才意會到，其實先前對於宗教邀約猶如直銷邀請的排斥感很浪費時間，不管今天小慈在教會或是佛堂，我都應該關心她，就像不管我在澳洲哪裡，小慈的訊息都會出現一樣。

我往小慈走去並且喊了她，但也沒有得到回應，這時師姐經過身邊說：「她發作啦！小慈，小慈啊，你帶老師上去看看，順便休息。」師姐搖醒小慈。

在上樓梯的過程中，我才回想起過去在班上，小慈也出現過幾次同樣發愣的狀況，我看著一幅又一幅掛在樓梯牆上的佛像，想著小慈在祂們的保佑下，平安地度過這一年，也慶幸她不用再像當年那樣面對同學。

樓梯的燈光微暗，場景較一樓大殿不同，空氣中木頭的香味慢慢暈開，有種神祕且安靜的氛圍感。

小慈走在老師的前方，步伐緩慢，一步一階，老師也跟著調整速度。因為同步的關係，地板被兩人踩踏所發出的聲音，迴盪在樓梯間籠罩著他們。規律的撞擊聲產生了某種壓迫感。

**在佛堂即將高三畢業，但沒去學校的小慈：**

帶老師到二樓，牆壁上，有很多佛祖，藥師佛、如來佛……剛來的時候，我都擦不乾淨，師姐會拉著我的手去擦，要乖，後來就記得了，呵，我有很努力的工作，努力，爸爸媽媽很辛苦，媽媽說我不能被佛堂趕回家，我怕，呵呵。二樓的房間有木頭的香味，平時師兄師姐都會在這裡休息，很香，後面一直走，是師父休息的地方，也是我負責的，這裡全部都是。我覺得木頭很香，呵，很想讓老師來這裡看看，師父說在這裡心可以靜下來。

「整個佛堂都是你掃？」老師問我。

我點點頭。

「這樣你的薪水多少錢？」

「一百塊。」

「一個小時嗎？」

我搖頭。

**來佛堂履行諾言的王仁傑：**

太誇張了！這比我在澳洲的黑工時薪還壓榨（我又能怎樣），我看往樓梯的佛像，試圖從這些佛像裡得到一點參悟，可是不知道為什麼，當時覺得整張畫像在燈光的照耀下糊成了黃澄澄的一片，像黃金也像黃昏，我靜靜看著想看出一些智慧，解決小慈的問題。

**帶老師參觀二樓房間的小慈：**

老師為什麼一直看佛像？師父說快發作的時候再看。老師要發作了嗎？呵。我不知道怎麼跟老師講，呵，我笑給老師看，想要他開心，可是老師還是皺眉頭，我再告訴老師，媽媽覺得念經修佛可以改善病情。而且在這邊練習工作，速度變快，呵，出去外面好棒，才不會跟不上被罵，我覺得一百塊，一百塊很棒。我講了好多話，老師還是看著佛像。我在老師旁邊念：「一切有為法，如夢幻泡影，如露亦如電。」老師不看佛像了，繼續跟著我走去休息。我覺得這個方法很好，呵，師父說，心情不好的時候，可以念經。

小慈介紹完房間，引老師坐下。

整個空間很安靜，彷彿心跳聲也能聽見。因為太安靜了，像是進入一種異世界，聲音會在這裡變形。

佛像在此時突然發出聲音，頻率超出人耳可辨的範圍，但卻異常清晰。

**掛在牆上的佛像：**

男人對女孩說：「好啦，你今天講太多話了，你休息吧。老師自己下去就可以了。」

女孩說：「老師，你進來。」接著將男人拉回寢間，女孩滅燈。

女孩又說：「師父叫我這樣做，這樣可以靜心，病會好。」

男人回應女孩：「嗯，那你好好休息，老師先走了，要加油喔。」

女孩開始脫衣服，男人往後退開，並且大喊：「你幹什麼？」男人表情驚恐。

女孩說：「師父說進來就要脫衣服。」

樓下傳來大鐘的聲音，該拜懺了。

男人抓住女孩的手，女孩眉頭緊皺喊痛，男人鬆手。
男人注意到女孩身上的瘀青，男人要女孩把衣服穿好。

男人低下頭問女孩：「為什麼要脫衣服？」
女孩說：「師父說這樣才會放輕鬆，不會發作。」
男人又問女孩：「你有跟別人說嗎？」
女孩說：「嗯，媽媽說我亂講。打我。」
男人說：「小慈，老師不是師父，你不用脫衣服。」
女孩說：「好，老師，你陪我念經嗎？」

女孩一邊說一邊躺到男人身邊，並且把雙腳打開。

男人說：「小慈，為什麼要這樣念經？」
女孩說：「老師，你可以躺上來，師父說念經就不會痛，我念了，還是好痛。」

男人把女孩扶起來坐好：「小慈，念經要坐好，你看樓梯的佛祖都是坐著的。」

女孩點頭，並且閉上眼睛開始念經：「一切有為法，如夢幻泡影，如露亦如電，應作如是觀……」

樓下傳來的鐘聲依舊。沉重且持續響著，一波一波傳進寢間。

**低著頭哭的王仁傑：**

我打斷了小慈念經，我問她：「小慈，你是不是一直問老師澳洲好不好玩？」

小慈反問我好玩嗎？我再回答她：「很好喔。」

「你想不想跟老師去澳洲？」我沒有等小慈回答繼續說：「你這幾天，先在家裡，不要來佛堂了，我們要去澳洲好久好久，你要帶很多東西，慢慢整理，等老師打電話跟媽媽說。」

我盡可能地撫平情緒，低著頭的時候，眼角餘光看見樓梯上的佛像，在眼淚漾開的視線裡，我好像看見佛祖的嘴角，似乎下一秒就會開口。

**帶著小慈到澳洲的安格斯：**

過程出乎意料順利，小慈的爸媽一邊詢問關於澳洲的資訊時，一邊替她收拾行李，小慈就在旁邊呵呵地笑。一切順利得不太合理，我也從沒想過會再踏上澳洲第二遍，至少在上次離開前是這麼想的。我不確定可以改變什麼，但好像前進了一點，光這樣想，我覺得就很好了。

再度踏上澳洲之前，我在台灣學了開車，並且試圖聯絡還在澳洲的同事，靠著第一年在這累積的一點人脈，把醫療資源確定好，把藥備齊。我希望小慈下次再問我好嗎的時候，我可以讓她覺得真的很好。

晚上八點帶著小慈送餐，我看著前方的路，往訂單目的地開，一邊問小慈：「我們今天提早下班，去看星星好不好？」她呵呵笑著，我好像又看到當年坐在教室裡的小慈佛。

**跟著老師到澳洲的小慈：**

哼哼生日嗯……嗯，祝嗯生哼嗯嗯……，嗯嗯生日快樂……呵呵，我覺得好好笑噢。老師一起唱歌，呵。

開在山丘上往城市看，遠方的燈火像是星星一樣閃爍。

安格斯開著車前進，街景穩定地從兩側退開，車子越開越遠，天空越來越遼闊。

Checker

Emma，在 Happy 農場採藍莓，平時兼差清潔工。

此時 Emma 正躲在房間的衣櫃裡，而外面是她的雇主，嚴格來說，是仲介的雇主。

仲介，香港人，大家都叫她關。

下午三點的時候，Emma 準備從農場離開，在中午接到關的工作訊息之後，她就想趕快下班。

「整間房子清潔，一個人三百澳，重點，在主人回家前完成。」

Emma 抱著裝箱的藍莓排著隊，和另一個台南來的朋友聊天。

「實在有夠久。」

「毋知是佗一个白目仔咧檢查。」

「彼个大箍查某，頭毛染（nì）予紅吱吱的彼个。」

再等兩個人就換 Emma 了。她跟朋友喜歡用台語講話，尤其在梅根面前。

梅根，在農場裡是魔王級的 checker，她聽到 Emma 講一些她聽不懂的話時，就會用英文罵她，因為 Emma 也聽不懂英文。

梅根扣了 Emma 五盒藍莓，並且立刻將這五盒直接倒進垃圾桶。

Emma 打了三點二十一分的卡，頭也不回地離開。

垃圾桶上面飛著幾隻討人厭的果蠅。

Emma 請朋友送她到要清潔的房子時，心想一定是很麻煩的 case 才會給這麼好的薪水，像這樣沒有說明交件時間的工作都很像打仗，剛進屋就必須先畫分哪些區域要第一時間完成，哪些區域可以馬虎，做不完不要被發現就算了。

進到屋裡後，Emma 就迷失在房子豪華的裝潢裡了。房子幾乎一塵不染，打掃起來一點都不費力，太過容易完成的case讓她一時忘了關的提醒，而且關有時候只是喜歡講得很嚴重而已。快速處理完之後，Emma在主臥室裡的梳妝台上，比對著耳環放在自己耳朵上的模樣。一邊用手機自拍，假裝自己住在這裡。

「買繩子、膠帶。掃完就走，主人快回來了。」關來訊。

Emma來到附近的商城，買了繩子和膠帶後又回到屋子裡。

Emma像扮家家酒拿起一件裙子，把自己當作是公主。

主人回家的時候，Emma本來假裝把裙子上面的毛髮黏乾淨，想起關的訊息之後，才趕忙躲進衣櫃。

屋子的主人是男的，約莫四十歲上下，梳著油頭穿西裝。

門鈴響，主人似乎沒有聽見，依然故我換著衣服，主人將Emma剛剛打算試穿的裙子換上。

門鈴再響。

主人穿著女裝，走路的姿態跟踏進房門時判若兩人。

有一位女性，被主人勒著脖子進房！

女性，肥胖身材，染紅頭髮。Emma 想起了梅根。

梅根的手指微粗，甚至可以說是肥胖，如果她伸手打開盒子，檢查塑膠盒內的藍莓時，就必須準備要重新採收、包裝。所有人都知道一定是她的手指在翻動藍莓時，把果皮搓破，但從來沒有人對她說過，她也一貫地對所有人都很兇。有一次 Emma 交果的時候，聽到主管們在討論為什麼梅根要對大家這麼兇？梅根在旁邊作勢盯著大家，等待評論。Emma 試圖讓自己待久一點，綁了一下鞋帶，找找要登錄的員工條碼放在哪個口袋，梅根識破了 Emma 的伎倆，對著 Emma 喊了一聲，盯著 Emma 看，最後扣除兩盒藍莓把 Emma 趕走。

梅根說：「生存不容易！全部都仆街啦！」

主管們被梅根的回應逗得哈哈大笑，緩下腳步離開的 Emma 聽到後，只敢拿起一顆藍莓往身後一丟，她希望可以剛好丟進梅根的嘴巴裡，當她在笑的時候可以噎到嗆死。

肥胖女性被主人推倒在床上。

Emma 迅速摀住自己的嘴巴，她差點嚇到叫出來。

那個女性是梅根！

梅根被屋主翻過身，試圖掙脫，但卻只能像黏鼠板上的老鼠一樣，發出吱吱叫的聲音。

「要救她嗎？還是不要？」

Emma 懷疑自己。

Emma試圖降低呼吸的音量，她怕自己被發現。

手機震動。Emma知道是關打電話來，任務完成之後必須要回報，否則關就會不停地追問。

同時，被拖到地上的梅根拉扯地毯，主人用腳踩住梅根的手。

梅根慘叫的聲音掩蓋了Emma的手機震動。

Emma閉上眼睛。

主人拿出Emma剛剛從商城買回來的繩子跟膠帶，Emma想起剛剛結帳時，店員還笑著對她說：「Have a nice day.」挑膠帶的時候，她考量的甚至是牢不牢固。倘若知道上面有自己指紋的繩子，正在綑綁著梅根的雙手，Emma絕對不會這麼早回來。

梅根的臉被壓在地板上，發出悶哼的聲音。

梅根被壓住的聲音穩定且厚實，主人發出近乎女性的吼叫，沒有規律。

一聲、兩聲，主人粗暴地挺進梅根的身體。

Emma 撇過頭不敢看。

Emma 壓抑著自己的情緒，一度懷疑自己沒有呼吸。Emma 試圖不要去想外面發生了什麼，不知道為什麼，Emma 腦袋僅能浮現一盒又一盒包裝好的藍莓，被梅根打開的時候，塑膠盒扭曲發出的聲響在 Emma 的腦裡放大，剛從樹上採下來的藍莓，被梅根的手指摩擦時，流出紫色的汁液沾黏在塑膠盒邊，她更難以抗拒地想起在品管桌旁邊的垃圾桶，裡面堆滿了所有不合格的爛果，夏天的時候，會有一窩果蠅在空中盤旋，惡臭從桶裡散發出來。

吼叫的聲音變了，Emma 盡力睜開眼睛，發現梅根被壓在床上。

梅根的嘴巴，被 Emma 買回來的膠帶黏住。

主人抓著梅根的頭髮，拉扯。

梅根被翻過來躺在床上，頭往後仰的時候正對著衣櫃。

Emma 看見梅根的眼睛正盯著她，她想起上次梅根在主管們面前盯著她的時候，眼睛旁邊有一顆凸起的肉芽。

梅根的紅色頭髮襯著白色的床單特別顯眼。

主人壓在梅根身上。

Emma 似乎看見梅根的嘴角微微地上揚。

Emma 握緊的雙手，已經被自己掐出痕跡，就在她顫抖的手放上衣櫃門把，在心裡倒數，準備衝出去時，唰地一聲，主人撕開了梅根的膠帶，而在那瞬間，Emma 聽見了梅根的笑聲，她不能理解為什麼梅根笑了。屋主持續吼叫著並且對梅根施暴。在過程中，Emma 看著梅根不斷擦掉眼淚，但也不斷笑著看向屋主。

Emma 看著屋主用力將手指掐進梅根的肥肉之間，然後把梅根翻來翻去的時候，腦中竟閃過一絲笑意，當下 Emma 覺得充滿罪惡感，可是看著梅根的身體在眼前晃動，Emma 不可置信地竟然觀賞了起來，任憑主人在梅根臉上甩了幾個耳光，她也不會驚訝，Emma 的呼吸漸漸趨於平緩，在衣櫃裡待久了，全身的衣服也因為汗水而溼透。

結束。

一切都結束了嗎？當淋浴的聲音從浴室傳出，Emma 漸漸站起身，往外看，一疊鈔票散落在床上，有幾張甚至沾黏在四散的衣物上，Emma 將衣櫃的門推開，無聲無息地結束這個 case，溜出房子。

走出屋子的 Emma 接起關的電話，電話另一頭劈頭就是一陣咒罵，原本三百澳的薪資，也因為失聯被扣了一百。其實癱坐在路邊的 Emma 沒有聽清楚關最後說了什麼，她看著路邊整排的房子，每一棟看起來都住不起，庭院裡的花被風吹倒，Emma 感到一陣刺骨的寒冷。

藍莓的季節結束了，大家準備各奔東西，Emma 打聽到塔斯的季節準備要到了，開始慢慢收拾行李，像遊牧民族一樣遷徙。

最後一天在 Happy 農場，有人準備要離澳返台，邀大家在自己的藍莓桶上簽

名，有人把整桶藍莓藏在樹林裡的某個角落發臭腐爛，用一種沒有太大效力的方式對農場惡作劇，進行一種莫名的抗議。Emma 選擇了最單純的方式，將桶子還給農場。就在她準備搭車離開時，幾個韓國男生把藍莓桶蓋在 Emma 頭上，眾人還在一旁興奮地指著 Emma 笑。梅根搶過桶子往韓國男生的臉丟過去，對他們罵了一句「씨발」（音似「死吧」）。韓國男生們看到大姐頭來了，站也沒站穩地跑走。

當 Emma 撿起地上的藍莓桶時，梅根早已經走遠了。那個黃昏，Emma 坐在回家的司機車上，想起梅根在趕走那些韓國男生時的眼神，彷彿看見了當初在衣櫃裡，不顧一切準備要衝出去救梅根的自己，在那一瞬間，她無比安心卻又感到脆弱。在不斷落下的眼淚裡，明白了梅根為什麼會笑，因為剛剛那些韓國男生被修理的時候，她也很想笑。

當司機關心起 Emma 的時候，她擦掉眼淚，回答：「生存不容易！全部都仆街啦！」接著，大笑不止。

# 室友

Sarah 今天關門的力量比昨天還要大，面向海的那一片「擋風」也跟著些微地搖晃。

每次 Sarah 拿走一疊「shit」的時候，都會說一聲「shit」，然後用力關上門，只是每天不太一樣。我不太理解，明明每一疊「shit」上面都是印著 William St 28，為什麼 Sarah 會有不同的狀態。有一次真的力道太大了，掛在擋風上的木頭掉下來，發出框啷框啷的聲音，Rose 從房裡大喊：「Sarah，把門牌掛回牆上！」Sarah 把「木頭」掛回「擋風」的時候，她手上的那疊 shit 被捏得皺皺的，而且她走回來踩上樓梯的時候，也很用力。

我不喜歡他們的說法，有時候講牆壁，有時候講牆上，有時候講那裡，或者上面，其實可以有更清楚的說法，就是替他們擋住風的一片「擋風」而已。Sarah 的老公喜歡在擋風上釘東西，敲敲打打的我不喜歡。在擋風上有一些讓光走進來的洞，就叫「光走」，Sarah 煮飯的時候會打開光走，讓煙飄出去。他們常說的屋頂，我更喜歡「停雪」這個說法。有時候冬天到了，雪停留的時間一久，我幾乎覺得要跟雪變成朋友，就像每個在這裡停留一段時間的人一樣。

我跟 Sarah 還有 Rose 是朋友，看到 Rose 的時間比 Sarah 多，但是看到 Sarah「滴水」次數比 Rose 多，我想 Sarah 應該是不喜歡滴水的。

每次我在滴水的時候，Rose 會找人來幫我止水，在水停止滴下來之前，她的臉都會皺在一起，跟洗衣房裡的舊衣服一樣——我也討厭那堆舊衣服，一直放在同一個位置，好像變成我的一部分——我不知道為什麼從來沒有人幫 Sarah 停止從臉上滴下來的水，我希望 Rose 可以找人幫幫 Sarah。

Sarah 常常把自己放在掛滿衣服的小房間裡，門上有一塊木頭刻著「Love & Home」，我記得有一次也從門上掉下來，那是因為 Sarah 的老公帶了一個女生回來，兩個人都靠在門上，門不斷地搖晃，力量比每一次 Sarah 關門的時候都還要劇烈。我想 Sarah 不會知道這件事，因為她每次滴水的時候，都會把那塊木頭抱在懷裡，我還記得那是他們剛住進來的時候，Sarah 的老公當作禮物送給她的。

後來 Sarah 跟著老公住到海邊，她每次回來拿 shit 的時候，身上的溼度，跟住在這裡的時候不一樣。

我看得到海，但是不知道 Sarah 住在海邊的哪一間房子裡。往海的方向，每一棟房子都比前一棟還要再低一點，我會這樣說是因為我看得到前面這棟房子的停雪。關於房子，他們也有各種說法：share house、家、窩、工舍，然後隨著每個人帶來的朋友不同，也會有不同的叫法，例如 Rose 的家、Linda 跟 Vivian 的窩，還有 Jay 的家，這些人是現在的房客，以前也有 Bob 的家，還有很多人的家，我不喜歡這些說法，我就是我，為什麼要有這麼多不同的說法？

我記得很多事情。

從以前到現在，很多人第一次碰面的時候都會說我是台北／嘉義／雲林／板橋／埔里／台中／香港人，這些人在我的記憶裡全疊在一起，每次想起來的時候，就好像全部住在一起一樣。我常常想，如果我可以說話，在下一個人住進來的時候，要怎麼介紹自己？窩？工舍？還是 Sarah 的家？

住在這裡的人講的語言都差不多，只是組成的方式不一樣，我可以理解這件事，畢竟每一棟房子的組成也不一樣，光走會在不同的地方、擋風的顏色不太一樣，當然也因為住的人不一樣，就會有不同狀態。

不過，我即將要變得不一樣了。**Sarah** 某一天趁大家不在的時候，跟她老公站在「日出的房間」指著每一樣家具說：「沙發、桌子、酒櫃都給你，我用不到。」她老公回說：「反正三個月一到，就全部都丟掉，不然看誰要？」**Sarah** 指著她老公說：「噁心！」

我不太理解「噁心」也是家具的名稱嗎？她老公也是家具可以丟掉？我以前沒有聽過這個用法。

「你說誰噁心！」

「你自己知道你做了什麼事！你他媽的說不定你都在這些地方幹那些你帶回來的女人。」

「你有病！」

**Sarah** 沒有說話，直接離開，離開時她還是用力關上門了，而且也說了一聲

「shit」。

就算這裡住的人都跟 Sarah 講一樣的語言，但我還是沒有真的理解，為什麼她手上沒有拿 shit 但是要說 shit？同樣不能理解為什麼 Sarah 沒有回應她老公就直接離開？不過，至少我能夠知道，再過不久，這些住在這裡的人都會離開，包含 Sarah。

「我現在在的地方叫 Tasmania，很像那個我們去年跨年有沒有？日月潭，嗯……可是又有點不像，有點像花蓮，店少少的，有山有海，可能喔。」Jay 都會在晚上的時候坐在日出的房間裡用電腦，然後跟他的家人介紹這裡。

我記得 Rose 剛住進來的時候，Sarah 也向她介紹過，後來 Sarah 搬到海邊，就變成 Rose 跟其他比她晚進來的人介紹：「你們從旁邊這個斜坡往下走，大概十分鐘就會遇到 woolworths 了，記得不要買太多東西，提回來的時候很重。」

後來 Rose 介紹的內容越變越長：「中間會先經過 Hungry Jack's，長得很像台灣的漢堡王，記得下載軟體，有時候會有免費的薯條可以吃。海邊有烤肉的地方，如果你有車的話會比較快，也可以用走的。早上大家上班的時間不一定，只要不吵到其他人就好了，房租每週日結算，你們要先給我，我再給房東，我有車，如果要借的話就付油錢就可以了……」

Rose 大概在夏天跟冬天各過了一次之後，就變成：「房租每週日給我，其他的你問你室友就好了。」後來一直維持這個版本。

「今年收成不好」Jay 入住的時候 Sarah 跟他說。那天他拉著行李箱到這裡的時候已經很晚了，從他跟 Jay 的互動，感覺比她跟老公的互動更像家人。他們在正門口停留了一下，Rose 拉開旁邊的光走，拿了 shit 給 Sarah，Sarah 說：「shit，下次拿到罰單要立刻打給我，晚了罰很重。」

Rose 點點頭發出了一個很短的聲音回應，我不知道那是什麼意思。等到 Sarah 離開後才問 Jay 怎麼跟 Sarah 認識的？

「她是我國小同學啊，我們認識很久了。」Jay 說。

「你房租還是給每週日給我，其他的不然你問 Sarah 好了。」Rose 回答。

我始終不能理解他們語言組成的邏輯。

Rose 接待完他之後，就回房睡覺了。

Jay 被安排在「正午的房間」，他放好行李之後，慢慢地走到日出的房間摸摸廚房裡的小吧台，接著走到比較大的光走前把布簾拉上。他繞了木桌一圈，坐到沙發上，然後跟我說：「嗨」。這時候剛好風大了一點，光走震動了一下，Jay 看向廚房那一側的擋風，然後笑了。

那天晚上以後，Jay 很常這麼做，他總是在大家都睡了以後，自己在日出的房間裡跟我說話。

我喜歡 Jay，他好像認識我一樣。住在這裡的人通常不怎麼理我，可能因為這樣造成我會滴水，擋風會被螞蟻進駐；或是有時候一群人進來放音樂、喝酒，把日出的房間搞得亂七八糟。他們不怎麼理我，其實我也感受得到冬天的低溫，還有下雨的時候就像泡在水裡一樣。如果他們能像 Jay 一樣，在住進來的時候，就跟我說說話，我想光走不會這麼常破掉、滴水的次數也會少一點。

「誰知道會發生這種事？」

「對啊！誰知道，遇到了就處理啊！」

「你們好吵。」

「你閉嘴。」

「你們才閉嘴，這裡沒有人想看你們吵架。」

Jay很常在日出的房間裡走來走去。有一次他甚至站起來，講一句話，就轉身一次，「屋托」被他踩得發出嘰嘰嘎嘎的聲音，平時大家都會在上面移動，只有某些地方會因為熱漲冷縮的關係發出聲音，像Jay這樣只有在定點動來動去的方式，說不定過沒多久，屋托就會破洞，或者凹陷了下去。Rose突然出現在日出的房間裡，她說肚子餓想來找東西吃，問Jay在幹嘛，Jay回答：「在演自己寫的劇本。」這是我第一次聽到這樣的事，演是什麼意思呢？當我困惑的時候，光走抖動了一下，Rose沒有注意到，但是Jay有注意到光走的狀態，Rose拿了一包食物後，她說：「好酷噢！那你下次借我看。」接著走回「日落的房間」，Jay停頓了一下，看向光走，接著才對 Rose 說：「風好大……等我寫完再給你看。」

後來，我才知道 Jay 的那些話不是對我說的。

Jay 第一天到的那個晚上其實有兩位女生還沒有睡，她們住在「子夜的房間」，不時在房間說出：「幹！快點！衝啊！白癡喔，你帶我你帶我，攻進去攻進去！」聲音低的是 Vivian，不時在一旁笑的是 Linda，兩個人胸部都很大，衣服都穿很少。有時候他們太激動耳機不小心掉落，各種爆炸聲音都會跟著放出來。

其實不管房裡還是外面對我來說，音量都一樣，如果可以，我真的很想學 Sarah 的老公指她們說：「你有病！」這樣說不定她們就會像 Sarah 一樣走出去，我可以獲得一點安靜的時刻。

她們總是最晚睡，比 Jay 還要晚。Jay 搬進來的時候也有注意到她們門縫裡的燈光，我喜歡他除了會跟我說話以外，他眼睛裡面有光，那個光像廚房的火，會閃會動，跟電燈需要開關不一樣，感覺那個光可以一直燃燒下去，凝聚在瞳孔上變成一個點，在那個點上你會清楚地看見世界投影在裡面的樣子。有點像老鷹的眼睛，但我覺得有點不一樣。

上一次冬天來之前，有人真的養過老鷹，他叫 Bob，是台東人，他說在部落裡會養老鷹當寵物，當時的室友都不相信他，也不知道怎麼辦到的，有一天晚上他就帶了一隻老鷹回來，在日出的房間裡亂飛亂撞，貼在擋風內側的紙就有被老鷹抓過的痕跡。

Jay 在演劇本的時候，眼睛裡就會發光，後來我發現，不管他做什麼事，好像都會這樣。

其實他們不管做什麼，我都會知道，也因為這樣，我才知道，其實我跟台灣的房子不太一樣，住在這裡的大多是台灣人，像 Jay 跟家人介紹我時，我會看到電腦那一邊的房子，看到其他人手機裡的照片，或者聽他們在日出的房間裡討論，我才知道台灣像我這樣的房子叫做小木屋，雖然我比小木屋大很多。而且我有很多配備是台灣不常見的，像是「煙梯」、「火坑」、很大很大的烤箱，還有屋托底下的儲藏空間，他們叫地下室，但因為要從室外走一段下坡才會抵達，所以我叫它下坡的房間。

Jay 住進來的兩天後，又再搬入一男一女，女生的眼睛看起來沒有什麼光，男生身上則是散發一種味道，很像下坡的房間裡的灰塵，光線黯淡的感覺。他們剛到的時候在大門旁邊嘻嘻哈哈了一段時間，回到各自的房間裡卻是一陣沉默。

男生叫 Lee，女生是 Tina，Lee 跟 Jay 還有原本住在正午的房間的愛爾蘭人變成室友，Tina 跟 Rose 一起睡日落的房間。通常剛搬進來的人都會說是暫住，因為剛到 Tasmania 來不及找房子，過一段時間找到新的地方就會搬出去，但後來總是沒有。Tina 跟 Lee 也不例外，不過 Tina 在交到新男友後，就搬走了。Tina 的新男友來幫她搬東西的時候，我發現，他的眼睛裡也是沒有光的。

在 Sarah 準備要大家都搬離之前，這段時間是我遇過最多室友的時期。大家都去工作的時候，Sarah 會偷偷跑進來，到處走一走，最後躺在掛滿衣服的小房間裡，一動也不動，有時候我會忘記，以為她消失了。

其實所有的事情，我都只能看著，如果能夠，我也會希望做點什麼，跟 Sarah 說話之類的。

因為總總原因，現在這裡變成了好多人的家，可是他們不像 Jay 跟 Sarah 的互動，也不像 Jay 跟他的家人。

這群人沒多久就各自待在不同的房間裡。

他們一開始從工作上的事，以前在台灣做了什麼事開始聊，接著就是哪裡可以去玩？每天聊著這樣的事，再更進一步聊到未來要幹嘛？提到夢想什麼的，但通常大家講完之後，臉上好像都會有一陣霧飄過，那個獨特的時刻，他們的臉忽然變得模糊。有一次聽 Sarah 跟 Rose 說起之前住過這裡的 Ella、Yinru、Dean，當然也有講到 Bob，他們回台灣之後過了一段時間，才又做回跟之前一樣的工作，好像那團飄過臉上的霧罩在他們的生活裡，走不出來。當時在這裡說過的夢想，就真的只能夢想了。

當初我選擇不去注意他們講這些話的神情。後來我又改變了，因為過一段時間之後，他們全部都會離開，這段時間裡，屬於我跟他們的事情，我都想記得，都想知道。

在日出的房間裡 Jay 環抱雙膝坐在椅子上，聽每一個人講夢想，並盡量維持他臉上的笑容，我很喜歡他的笑容，我看過他在試演劇本的時候對著空氣這樣做過。

Lee 說農場工頭很喜歡他，他有望可以升級加薪。以前在台灣的時候在餐廳打工，所以現在偶爾會做便當去農場賣，未來回到台灣希望可以開一間心靈沉澱式的餐廳。

Jay 低頭笑了一下，沒人發現。大家聽完 Lee 說的夢想都安靜了下來。他自己補充說：「就像現在這樣，我們坐在一起，什麼都不用說，感覺就飽了。」

日落的房間裡不知道掉了什麼東西下來。他們的注意力忽然被掉落的物品吸走，有些東西放在高處久了，在受力不平均的情況下掉落，我自己也不知道怎麼被移動的。

「你們不覺得房子會動嗎？」Rose 在把東西放回去之後，走回日出的房間跟大家講。我想試圖擺動一下擋風或者搖晃一下屋托來證明她說的話，以免每次她講出這些話的時候我都覺得沒有任何回應，不過 Jay 又笑了一下，我有發現，我覺得那是他送給我的回應。

「幹爆你媽！上上上！」這個音頻比較低，是 Vivian。

關於我會不會動的話題很快地因為子夜的房間裡傳出的聲音而失焦。Rose 嘆了口氣，Lee 則淡然地說：「每個人都有表達自己心境的方式，她們只是比較直接而已。」他說這句話時的口氣，彷彿蛇爬過草皮，眼睛微閉；我記得有一年室友 X 是一個光頭的年輕人，他還有另外一個名字叫靖贊，他有時候說話也有這種感覺，可是跟 Lee 的有點不同，X 的比較像是一陣微風，他很常講完話之後，都會接「平安」。我不知道這是什麼意思，可是他講話的時候，都讓人有一種安心的感覺。

大家第一次看到 Lee 這樣說話還覺得有趣，後面幾次，當他又呈現同樣的狀態時，大家都會先翻白眼，然後慢慢拉開跟他的距離。

許多時候，Lee 在大家出門工作或洗澡的時候，都會打坐，這是其他人不知道的。

過沒多久，Lee 就跟 Vivian 越走越近。

當時愛爾蘭人簽證到期就要離開，Lee 做了千層麵、烤牛肉、布朗尼蛋糕，說是要歡送愛爾蘭人。大家坐在桌子圍成一圈，每當 Vivian 夾起一道料理準備要吃的時候，Lee 就會看她一眼——愛爾蘭人吃的時候，Lee 不會看著他——直到 Vivian 露出驚豔的表情之後，Lee 才會帶著微笑繼續吃他自己做的料理。

我覺得餐桌也很像我，大家會同時間聚集在這個地方，不同的是，可能他們心裡的想法，我知道的比桌子還多。

## 子夜的房間

「剛剛 Lee 一直看你吃欸。」

「對啊，無聊死了，要不是免費的，我才懶得理他。」Vivian 一邊玩遊戲一邊回應 Linda。

## 日落的房間

「Lee 好辛苦。」Tina 說。

「是啊。」Rose 講完就繼續跟愛爾蘭人傳訊息，房間裡沒有其他對談。

## 正午的房間

「不錯吧。」Lee 在男生的房裡問 Jay。

「不錯啊，只是我不能吃牛。」

「那下次我做烤羊肉給你試試看。」

「沒關係，你做給 Vivian 吃就好了。」

只有我可以同時間聽到這些，我其實很好奇，如果他們跟我一樣也同時聽見了，會發生什麼事？

「我會想念愛爾蘭人的。」、「如果可以跟他做一次愛就好了。」
「為什麼大家都不太跟我說話？」、「她真騷。」、「他好醜。」
「全部都去死好了，噁心，幹。」、「一群幼稚的人。」、「我想搬出去。」
「她難道不知道一直造成別人困擾很煩嗎？」、「什麼時候回家？」
「季節結束就要離開了。」、「你真的懂嗎？」

很多事情他們都不知道。**Lee** 不知道 **Jay** 會趁沒人的時候偷拿愛爾蘭人的內褲，並且在內褲上留下看起來像是被蝸牛爬過的東西，**Jay** 不知道 **Rose** 在愛爾蘭人離開前，曾經在他床上脫掉衣服抱在一起，**Linda** 也不知道在她去上廁所的時候 **Vivian** 會偷拿她的錢。

愛爾蘭人離開後兩天，**KK** 就搬進來了。

他們重複同樣的互動——在正門口說自己是什麼人？然後收房租……但 **KK** 跟

其他人不同，她很熱絡，把行李送進來之後，就搬出自己的獨家調味料跟大家分享，甚至帶了炸雞桶來給大家吃。子夜的房間的兩個人聽到免費的食物就跑出來，Lee 看到 Vivian 開心吃著炸雞的樣子，承諾有機會也可以做給她吃。

大家在屋托上踩來踩去，好像很快樂的樣子。

Jay 一個人在房間裡傳訊息給 Sarah，其實在 KK 來之前，Sarah 來找過 Jay。

「她就是在別的農場暴打鄰居，還把鄰居的車踹到變形，她之前的室友說，她可以從外面，你看……從外面這樣跳進來。」

Sarah 說的是從草皮跳進正午的房間，雖然我覺得不可能，畢竟那等高於一根柱子。

「她還打破窗戶，而且會在前室友的耳邊說自己很善良，然後下一秒就握緊拳頭暴打人家耶。」

其實我還是有點聽不太懂 Sarah 的意思，不過看 Jay 的表情，我認為這不是一件單純的事，這個表情跟 Jay 第一次試演劇本的時候說的「誰知道會發生這種事？」一模一樣。

KK 來了之後，大家變得很常在一起，她舉辦室友歌唱大賽，贏的人可以獲得一支行動麥克風、他們去海邊烤肉、彼此每天輪著煮一道菜給大家吃，KK 甚至把自己的薪水全部都拿去買材料做甜點分送，我不知道會發生什麼事，但我沒看見 KK 發生之前 Sarah 說的狀況。

直到某天晚上 KK 對著 Jay 說：「我媽剛剛打電話給我，說我爸又打她。我不知道該怎麼辦，我現在好想打東西。」

「你不要打我就好。」Jay 回。

「Jay，我覺得我有病。」

「你現在不睡我確實覺得你有病。」

「我是說這裡。」KK 指著自己的頭。

那天晚上，KK 從台灣一路聊到澳洲。她並不知道自己發生什麼事，但好像有一種規律，大概半年一次。自己就像一顆未爆彈，不確定什麼時候會發作，發作的時候會傷害身邊的人。

KK說自己腦袋裡有好多聲音會同時出現，而且都是不同身分，她覺得自己好像一間房子，裡面住了很多人，她很痛苦。

當KK說自己很像房子的時候，我在廚房裡的水管滴了一點水。她如果是房子那我是什麼？我從KK講話的語氣判斷，她是認真的，她真的覺得自己是一棟房子，只是跟我不同，她好像很痛苦。她證實了所有Sarah所說的話，這些事結束後，她自己不敢回想，她怕一回想就會復發。其實在台灣已經發生過了。

KK說那一次她在河堤邊喝了一兩口酒，就瞬間失去記憶，當她有記憶的時候已經渾身是傷躺在家裡的沙發上，在旁邊的是她的警察女友，女友滿臉都是瘀青。聽家人口述，她叫女友開車逃離，而她在車後面瘋狂地追，就像野獸一樣，即便跌倒了，她也用爬的方式追趕女友。

KK以為來到澳洲一切就會好轉，殊不知她在家鄉的問題沒有得到緩解，她在國外反而更焦慮。

Lee往他們走來，屋托發出擠壓的聲音。KK看著Jay，背對著走進日出的房間的 Lee——就是這個時候 Jay 看見 KK 眼裡滴水了，還有泛紅的眼眶，我也看見了。

「我們在 Man's Talk」Jay 說。

「那我應該加入啊。」

「不用，我們在 Girl's Talk。」Jay 立刻阻止 Lee 走上前。

Lee 翻了一個白眼後退回正午的房間。在 Lee 離開後，KK 希望 Jay 答應她一件事，她平常開玩笑要大家把她綁起來，那不是玩笑話，是希望她如果真的失控了，一定要把她綁起來，她重複一遍「綁起來」。我聽見了，Jay 也聽進去了。

就在大家即將離開的前一個月，KK 在廚房裡發作了。

由於她最近在家裡大多時間都是拿著一個酒瓶，走路搖搖晃晃的，大家對她的行為不太意外。

日出的房間是一個可以煮菜、使用電腦、吃飯、休息的地方，當初 Sarah 的老公就希望大家都能看見彼此在做什麼，所以這裡也是最多光走的地方，非常明亮的房間，但大家後來都是在做自己的事，很少關心室友。

KK正拿著菜刀在切酒瓶，戴著耳機的Jay持續用電腦，Rose在木桌吃泡麵追劇，根本沒有人管KK在幹嘛，幸好光走不僅讓陽光走進，也可以讓風進來。冰冷的氣溫撲在KK的臉上有一種類似潑水的效果，因為這樣她才意識到自己正在做一件危險的事。

她把菜刀放下後帶著酒瓶跑到Jay的腳邊下跪，懇求Jay允許讓她喝酒。Jay今天很疲累，他還有台灣的工作要做，從外面回來後，遠端工作使他很煩躁，並沒有太多的心神可以應付KK。

Jay把她手中的酒搶過來大喊：「Rose！她還要繼續喝。」Rose盯著螢幕說：「你再喝就搬出去。」KK聽到後滴了幾滴水，她放下酒瓶走到洗衣間抽起菸。

Jay朝洗衣間看了一眼，我知道他在想什麼，他其實是關心這一切事情的，只是偶爾懶得去理會這房子裡混亂的一切。

我其實有想過從停雪上落下一些灰塵，進到KK的眼睛裡，轉移她的注意力，因為她手中的菸已經快燒到手指了。只要沒有人來洗衣房看她，她就坐在洗衣機上掐著菸靜止不動。

KK 住進來前 Sarah 警告過他，要小心不要讓她碰酒，不過 KK 向大家擔保不會出任何事，只要出事的話可以用繩子綁住她，而我看見 KK 瀕臨失控，等到 Rose 發現並且大叫的時候，KK 已經把血抹在牆壁上，在那之前我就只能看著她把杯子打破。

Lee 跟 Jay 衝出來的時候，KK 已經開始捶擋風了。

Lee 抱著 KK 的腰，Jay 抓著她的手，因為她企圖往他臉上捶，而她的拳頭裡還有碎掉的玻璃。

三個人在洗衣房裡面撞來撞去。

KK 平常的時候，就會在日出的房間裡，拿著像石頭的東西運動，她的體型幾乎跟幾個男生一樣。她也常開玩笑想把胸部割掉，甚至在房間裡穿著男生的四角褲故意撞擊 Jay 的屁股：「如果我有屌就可以幹你了。我很帥我知道。」

大家常開玩笑就是因為 KK 的女友是警察才有辦法壓制她，現在確實證明了需要極大的力氣才能夠讓 KK 不繼續傷害自己。

三個人持續在洗衣房裡拉扯，Jay 的腰撞到洗衣機——我記得他每天早上都要做點伸展，因為似乎曾經受過傷——Lee 的手摩擦過門框的木條，因而破皮見血。

各種聲音混雜在這個狹小的空間裡，突然間 KK 腳下的屋托陷落，恰巧破了一個把 KK 困在角落的洞，兩個男生趁勢壓制住 KK。Rose 拿來繩子跟膠布，Jay 一邊用身體壓著 KK，手空出來先把 KK 流著血的手綁起來，再要求 Lee 幫忙把 KK 的身體稍微搬離開牆，接下來用膠帶一圈又一圈捆住 KK。

我看到 KK 張開嘴巴了——只有我清楚地看見，她趁著 Jay 靠近她身體在捆她的時候，咬 Jay 的肩膀。Jay 也流血了。

旁邊的人把 KK 的頭扳離 Jay 的肩膀後，KK 開始哭。

「Jay，你放開我好嗎？」KK 語氣溫柔。講完後閉上眼睛緊皺眉頭。

「你他媽的不知道我是誰嗎？放開我，我回台灣一個一個讓你們死！」KK張開眼睛後就開始嘶吼，身體用力掙脫。其他人繼續抱著她，不讓她移動，她的腳還被困在洞裡。

「Let me go.I need to go home,please.」KK平常不講英文的。

「你若是毋佮我放開，你就知死。」。KK講了一種我不常聽到的語言。

「操他媽的廢物，他是操他媽的廢物，沒用的東西。」

「你到底在說什麼！看我！看我！你是誰？」Jay抓住KK的頭，看著她的眼睛，大聲地問。

我懂了，KK之前說過身體像房子一樣就是這個意思，她的身體就像我，裡面有好多不同的聲音。

「Jay，救我……我好痛苦。」KK眼裡充滿水，眼眶泛紅，這個眼神Jay有印象，在KK搬來之後的第二週，那個晚上，她從房裡走出來跟夜裡趕工的Jay說睡不著，**Jay** 陪她聊了一下。

「是你要我把你綁起來的，你有印象嗎？你看我！你看我！」**Jay** 在家裡很少這麼激動，大多時間他都是看著大家然後偷笑，但他抓著 **KK** 的時候，眼睛的光芒比之前更加聚焦。有時候光走上面會有一點水，陽光穿透的時候，會在屋托上面燒出一個黑洞，**Jay** 的眼神像是那樣高溫，試圖要穿透 **KK** 的眼睛，進到她身體裡一樣。

**KK** 原本緊皺的五官稍稍放鬆了點，才一放鬆又立刻開始滴水。

**KK** 又再度閉上雙眼，當她緊皺眉心的時候，我看見她拳頭握緊了，她的手滴下了幾滴血在屋托上。一個翻身，她把原本壓在她身上的兩人彈開，幸好因為角度的關係，他們兩個都沒有撞到任何東西，洗衣機像是往右挪了一個磁磚的距離，門框往外拉開了一個人的空間，很像是房子動起來一樣。**Jay** 跟 **Lee** 馬上又抓住 **KK**，這次大家合力將她包裹在棉被裡挪到日出的房間。

**Sarah** 來了。**Rose** 帶她看洗衣房以及裡面被破壞的地方。**Vivian** 把 **Sarah** 叫進子夜的房間，**Sarah** 再出來的時候救護車也來了，把 **KK** 送上去後，子夜的房間的兩個女生說她們幫不上什麼忙，可以幫忙顧家，身上沾滿血跡的 Jay、Lee 還有 Rose 分別去了醫院以及警察局。

整件事情總算告一個段落了，從傍晚鬧到夜裡，一行人回到家看著洗衣房裡的血跡，就像是平常子夜的房間裡，兩個女生螢幕上的畫面一樣。

子夜的房間空了，她們倆趁大家不在的時候搬走了。Lee 站在她們的房門口前發愣，Jay 則在一旁笑出聲來。Sarah 簡單地交代她們租約到了，找到別的房子今天就要搬走。

只有我清楚知道發生了什麼事。

在 Sarah 剛剛進房間的時候，兩個女生拿著 KK 發生的事情威脅 Sarah 要賠償她們的精神損失——她們即將要搬走了，雖然不符合提早告知的規定，但她們仍然要把押金拿回，否則就要上網公告這間房子的事情。講到最後，她們甚至越講越誇張，說房子鬧鬼，在半夜時電燈都會自己關掉。我認為應該只是她們太晚睡，剛好遇到電力供應不穩的時候吧？

Sarah 無法接受她們的請求，甚至直接告訴她們在澳洲，怎麼講都是她們理虧，要她們直接離開，押金不退。三個人還沒有把話講完，救護車就來了，Sarah 走出子夜的房間，幫忙大家把 KK 送上救護車。

在大家離開的時候，她們開始搬空房間，還走進日落的房間，我也知道發生什麼事。

一週前她們就想搬了，在日落的房間向 Rose 提出退押金的事情，但 Rose 只能盡到告知違約的義務，Sarah 才能做決定。

兩個女生進到 Rose 的房間裡把她的護照剪爛。直到她們離開後，Rose 才發現這件事。沒有人知道，只有我知道。

我還記得愛爾蘭人離開當天，Vivian 在 Rose 的沐浴乳裡面尿尿，後來 Rose 只覺得奇怪，但節省的她也用了好幾天。Linda 甚至用了 Rose 的名字辦假帳號在網路上留言：「我是蕩婦，喜歡外國屌。」這些我都看得一清二楚，但也就只是看見而已，我只是一間房子。

時間到了，所有人都離開了。

Sarah 離開前做了最後的確認，走到太陽曬不到的那面擋風，那裡是幾乎沒有人會去的地方，發現下坡的房間整排光走都被打破了。我當然知道就是那兩個女人做的。Sarah 也猜得到，然而也沒什麼好追究的，該追究的事也追不到了。

發生的這些事情，Sarah 的老公接連著咒罵，就在日出的房間裡，KK 被棉包起來躺著的位置上。兩人大聲爭吵。他將移民流程不順的原因都推到 Sarah 身上，說房子管理不佳，在警方那邊留有紀錄，說她找來的室友亂七八糟，就像她的生活一樣，Sarah 沒有回應，坐到大家圍成一圈吃飯的木桌旁看著她老公，一直到她老公罵完離開前，Sarah 都沒有再說過任何一句話。

我看著這些事情發生，也沒有說任何一句話，但是我跟 Sarah 是一起的，我們都在同樣的地方，看著這一切發生。

Sarah 坐了好久，好像等待 Jay 或 Rose 走進來關心她一樣。Sarah 看了看日出的房間搬空的樣子，她突然覺得好寬敞。她說了聲嗨。我讓全部的光走都晃動了起來，想跟她說：「我還在這裡喔。」可是她好像覺得是風吹的因素，沒有理會我發出的聲音。

Sarah 起身往日落的房間走，經過走廊的時候，屋托又再度發出擠壓的聲音。Sarah 走到房間，窩在掛滿很多衣服的小房間裡面，看到門上的木頭，她盯著看了很久，直到門鈴響起。

門外來了一個人，遞給了 Sarah 一張 shit，這次她沒有說出 shit，我還在想，以往她都是拿了就離開，是不是因為這次沒有走出去，所以這個不是 shit，還是這個 shit 跟其他的 shit 不一樣？

這個 shit 上一面是充滿楓樹的照片，角落印著 Adelaide 的字樣，另外一面是 KK 的名字。

「你們好嗎？我想你們。我到阿德雷德了，這邊很漂亮，每個地方都都都都很漂亮，Jay，我覺得這裡超適合拍電影的，你有空一定要來看。我在這裡交了一個朋友，她很照顧我，我很好，我們接下來還會去雪梨，你們都要好好的喔，我們回台灣再見。」

Sarah沒有把明信片帶走，她把明信片留在洗衣間，那是她唯一留給我的東西。他們都走了以後，一家澳洲人住進來，我開始適應另外一種語言了。那張明信片，被風吹到洗衣機的底部，我希望它一直在那邊。

# 快手澳客

清晨天還沒亮，Andy縮在被窩裡，舒展尚未清醒的身體，皮膚也尚未清醒，Andy一邊移動，一邊感受體溫跟室溫的落差，在一冷一熱之間，他許久未啟動的慾望在清晨被點燃，（幹，我就只是想打手槍而已，不需要太正經。）

Andy握住自己騷動的意念，沒有多久鬧鐘就響了，（幹，上班。）

（Andy是誰？Andy是我。）

穿好貼身的運動褲再加一件短褲，上衣長袖、套上螢光局的短袖、外套、揹帶、鑰匙，早餐從冰箱裡拿出來。一個快手的早晨就應該把所有事情準備好。

（我不懂還在房間裡綁頭髮的May，為什麼要花這麼多時間去整理只能維持半天的頭髮？）

Andy發動引擎暖車，拿出手機等其他乘客一一打開車門入座。

在澳洲有一台車就像有了腳一樣，要上班要出遊都必須要有腳，對 Andy 來說，有車更像是另外一份收入，所有沒車要去上班的人都必須搭他的車，尤其是跟他承租 share house 的房客，通常就是他仲介的背包客，不僅從他們的採果績效裡抽成，也同步收房租，最後連油錢也一併分攤。Andy 知道怎麼樣可以在澳洲賺到錢，他也這樣很多年了。

「好快噢！今天怎麼這麼早？」Kevin 一上車帶著奉承的口氣問候。

Andy 當然聽得出來。「我是誰？快手 Andy 欸！拜託，什麼都要快，哪像你們還在房間打手槍的時候我就已經在車上了。」Andy 一邊對著空氣比畫，一邊輕挑眉毛地回應。

一陣沉默。

Andy 看大家都到齊了，發動汽車後，自顧自地打開音響。

你是火，你是風，你是織網的惡魔。破碎的，燕尾蝶，還做最後的美夢……

梁靜茹唱的〈燕尾蝶〉是 Andy 每次去 KTV 必點的歌，即便五音不全他也是姿勢一百（我就算是不會唱歌，也會帶動氣氛！）往往都是在沒有人搭理 Andy 的時候他會突然吆喝一聲，說要請大家吃東西，此時氣氛再度被炒起來，即便每次點的都是最便宜的餅乾，大家也總是配合地維持場面的熱鬧，因為知道如果繼續起鬨下去，Andy 很有可能會在隔天分幾盒紅莓給大家當作獎勵。

Andy 採紅莓已經快要十年了，在農場裡沒有人的速度比得上他，他甚至在農場裡舉辦武林大賽，為的就是要讓自己稱霸（怎麼可能有人比我快！）他更希望整個農場的人都知道快手等於 Andy 的代名詞。

在沒有比賽的日子，他總是在樹徑之間，硬是跟別人搭話，像是某種狂熱份子一樣。

「我跟你說，里歐就只是刷過去而已，他那個叫做狂風掃落葉，反正送去 check 果的時候，就賭一把，有過就爽，沒過就疶屎（tshuah-sái）！然後那個小黑他可能是可以稍稍跟上我的人，他就是標準的兩指採莓法，也只有他會這樣採，怪招。安娜根本不用講，前天我如果沒有幫她清後面的路，她怎麼可能去採到那條好路！」

對面的人往往搭不上 Andy 的話，甚至到後來他就是自顧自地講（幹！我就是快手，對面走得慢關我屁事。）無論如何，Andy 在農場的日子就是一條路，換過另一條路，包完一盒紅莓就包下一盒，十年也就這樣過去了。在農場裡，能夠真的跟他遇到的快手們，通常不會選擇跟他同一條路。（高處不勝寒啊！）

雖然 Andy 看似囉嗦，但也因為在澳洲待久了，有一些時間的累積，知道的資訊也多，大家不知道的路會問他，對於不熟悉的仲介也會問他，所以即便他有些不討喜，大家仍對他帶有一點長輩的尊重。在農場待久的他，也被視為土地公，如果有什麼需求，去找他哭一哭、求一求，往往都能得到一個結論。Andy 也以此自豪。

計件競賽的活動雖然主要都是由 Andy 發起，但其他的快手其實也想知道自己究竟跟 Andy 的差距有多少？

競賽開始的時候，工頭會請 runner 進不同棚子確認哪些道路的果況相近，再讓這些採件數在全農場數一數二的快手進入。事實上並沒有任何獎勵，單純是快手們自我證明的一種方式。這樣的活動農場老闆也樂得開心，藉由快手們的帶動，大家受到緊張氣氛的刺激，當天採收的果量都會飆升。

上次計件競賽，Andy 一個人就包了四百多盒，意思也就是說，進到超市裡面，很有可能看到的紅莓都貼上了 Andy 的編號。

這種感覺很弔詭，所有人到農場時，都化身成一組數字，編號幾乎是員工在農場裡的名字，每個人必須在採件數量上努力，採集好的紅莓進到超市，又變成了超市的銷售數字。

計件競賽的日子到了，參加的選手名單沒有太意外就是里歐、小黑還有安娜，頂多有一些其他想要跟著快手們移動的中手報名。其實在農場裡，如果名字想要被記住，就必須個性夠特殊，或是績效突出，Andy 絕對不會是屬於前者（真是沒禮貌的人。）於是他只能讓自己成為後者當中的頂端，其他在不同層級裡的人，大多數是很難被大家記住的。

雖說 Andy 是個難以溝通、深交的朋友，但在他採果的過程中，他隨著韻律上下翻找樹叢時，無論是撥開樹枝，或是用指尖將紅莓旋轉下來，都能感覺到他的熟悉以及流暢，更奇幻的說法可以是，眼前一整排樹彷彿都是 Andy 的朋友，Andy 完全掌握哪裡有果，哪裡不需要花力氣。他眼睛盯著樹叢幾乎沒有移開過，手拿到果之後就往籃子裡放，一切的行雲流水甚至讓人懷疑 Andy 是機器人，或是懷疑他愛上了眼前的樹。

時間才到中午，競賽剛過一半，Andy 就已經領先其他人五十多盒，雖然數量看起來還好，一旦將果況的好壞、樹徑走起來的順暢度，還有天氣炎熱導致的各種影響考量進去，就知道那不是一個可以快速追上的數字。

Andy 繳出了果之後離開眾人，帶著自己的午餐往車子移動。

休息時間 Andy 往往自己一個人行動，他認為快手必須要自律地規畫休息以及工作時間。他吃完兩片餅乾，喝了半瓶水，躺進車子開始午覺。他喜歡把車子停在流動廁所旁，起先農場老闆還會笑他傻，停在臭味的源頭，但他仍對自己時間分配的哲學感到驕傲，他上完廁所不需要走遠就能休息（死老外！幹！）

「你剛剛應該跟 Lulu 講啊，她會幫你出氣。」

「算了啦，反正他都這麼老了，讓他一下不會怎樣。」

「那是你的路，就是你的果，也是你的錢，他錢已經很多了。」

「你怎麼知道？」

「拜託，他就是萬年快手啊，可是賺得多又怎樣，聽說他來澳洲都沒交過女朋友，一個人住單人房睡雙人床。」

兩個年輕的背包客笑得開懷，Andy 躺在車子後座沒有起身。他轉開收音機。

你是火，你是風，你是織網的惡魔。破碎的，燕尾蝶，還做最後的美夢……

兩個男生聽到突然迸出的聲音，心虛地跑走。Andy 在車子裡，自顧自地唱起歌來：「讓我做，燕尾蝶，擁抱最後的美夢，讓我短暫快樂，很感動。」

Andy 偶爾會聽到一些像這樣對他的評論，工頭 Lulu 曾經問他為什麼不對這些人發脾氣，Andy 僅是笑笑繼續採果（媽的！他們採得有我快嗎？弱者！），Andy 並非不在意，他就只是會在開放搭路的時候，跑去那些人的樹叢裡，用最快的速度把對方的紅莓全部採光，然後沉默地離開（超帥的！）。

搭路是在採收流程裡，為了要提高工作效率而規畫的機制。在一區快要採完換區的時候，或是整個農場準備要收工的時候，會開放快手，或者已經完成自己負責的路線的 picker，去跟另一個還有很大段路沒有採收的 picker 搭配合作，這樣的機制有可能讓原本負責的 picker 被瓜分掉預期中的產量。通常如果遇到 Andy，那麼原本那一條路的 picker 等於是提早下班，這也是為什麼大家不是太喜歡 Andy 的其中一個原因。（我再說一次，幹！我就是快手，他們走得慢關我屁事。）

Andy 也並非一開始就是快手，他起初只是比別人還要精實而已。軍校畢業後，一路服役到將近三十歲，因為不爽軍中長官，在將晉陞的前一刻，他決定退役，傳統軍人家庭出身的他，無法對家裡交代，於是跑到澳洲圖個清閒，沒想到一留就是十年。他也不是沒有想過要回去，常常在臉書社團詢問準備從台灣來的背包客，如果剛好有人會經過 Caboolture，就帶一些台灣的物資，他會付兩倍的錢，往往都能成功（我只想要維力炸醬麵的醬，一整罐的最好。）藉由這樣的動作，他逐漸把家裡的電器都換成台灣才買得到的牌子，連食材也是，東泉辣椒醬、新竹米粉、太陽餅……這些東西越堆越多，他的房客不喜歡吃，他邀請來的朋友也不喜歡（我才捨不得分他們。）Andy 在家裡建構出了一個自己的王國，台灣國。有時候他跟以前一起當兵的朋友視訊，會帶他們導覽整個家，一一細數大同電鍋、全國電子，當他介紹得差不多了，就會坐回沙發。不高也不胖的 Andy 坐進沙發後，整個人像是快被台灣的電器、物品淹沒一樣，除了這些東西以外，Andy 沒有別的了。（吵死了！我喜歡收藏哪裡有問題？）

在同一個農場待了十年是什麼感覺？其實 Andy 根本不知道，他也不太去想。

他唯一的樂趣和大多數的採手一樣，就是在採果過程聽八卦，誰跟誰上床了、誰抽了大麻、誰出車禍了……。其實最巧的莫過於遇見自己的同鄉，聊天後，才發現居然還是同國小。Andy的英文沒有太好，也沒有多少外國朋友，不過，聽這些華人的笑話，聽著聽著時間也就過去了。

「我上次去City在路邊遇到一個男生超帥的！」

「多帥？有跟里歐一樣帥嗎？」

「里歐是快不是帥。」

「快不好嗎？」

「那要看你講哪個部分囉？」

「煩耶。」

Andy慢下腳步繼續聽兩個平常看起來安靜內向的女生的交談，其實差這幾步他這一道就要採完了，他等一下繞過去把對方後半段的路採集完畢就可以把他們的話題補起來了。他比較好奇的是，到底有多帥？又或者是，這兩個平時內向／害羞地的女生會講出什麼樣脫序的話？

在農場裡像是一個大鍋炒的空間，所有人在這個地方，階級會流動，隨著速度的快慢，又或者其他附加價值的提升，像是時薪 checker 或者是 runner，前者是品管，後者是值日生，能夠在這些階層裡建立關係，採果之路不會太辛苦，無論過去在自己的國家是高考榜首，或是主管、老師，在農場裡，所有人都會有新的一番階級輪轉（我當然是在頂層。）採果的時候，大家為了不被蚊蟲叮咬，不要曬傷，各種防護措施之下，待在農場裡總是包著一層保護膜，穿回便服後往往就回到另外一種人格，很多時候走在超級市場裡，要認出對方還必須把臉遮住一部分才能夠發現。因為如此，人在相對可以遮蔽的外殼底下，許多真實的世界，只有在放鬆的時候才會被發現，這樣的發現往往充滿驚奇，也像大鍋炒，只有翻上來的時候，才會知道，原來底下是什麼食材。

「眉毛很濃，噢噢！像哈利波特，在眉尾的地方，有一個疤痕。」

「去去武器走！」

「哭爸噢，而且他的手很漂亮。」
「你還看他的手，你好變態！」
「他送餐的啦，我坐在車上轉頭就看到了齁。」
Andy 停下腳步，其實兩個女生已經走得有點遠了，他像是想起了什麼。
那是他剛進去新訓的第一個月，當時還沒有決定要簽志願役，即便父親已經打點好軍中的人際網絡，但年輕的 Andy 仍想要有一些抵抗，算是對青春的一點期待。
新訓中心也像是在澳洲一樣，所有人無論在外面的身分、階級，全部都會洗牌一番。Andy 誰都不認識，應該說誰都認不出來，剃了頭之後，所有人都長得很像，唯獨阿朋，他的眼睛很明亮，笑起來像是會發光，搭配眉毛旁邊的疤，很容易讓人記住，阿朋說：「那是小時候從溜滑梯上掉下來撞到的。」講完就對著 Andy 笑了一下——Andy 從來沒有這種感覺過，他不知道為什麼阿朋笑的時候他也想跟著笑。

晚上大家一起寫大兵日誌，Andy 注意到阿朋的字很漂亮，但更讓他驚奇的是，他的手更漂亮。

「你叫什麼？許安迪？你英文名字叫 Andy 喔？」阿朋湊上來看。

「許迪安啦！」

（幹！我的字沒有醜到會看錯吧。）

兩人因為名字的誤讀，從此結緣。

當兵時能夠有一個人相互照應，在各種不合理的訓練下，所有事情都會變得稍稍合理一點，其實這也是為什麼 Andy 很快速就適應澳洲的其中一個原因，他知道，只要搞清楚規則，要活得自在不是什麼困難的事，但也跟當兵一樣，時間久了，Andy 哪裡也都去不了。

當時阿朋問 Andy（幹！還真的就叫我安迪了！）有沒有要簽志願役？Andy 並不知道退伍之後能夠做什麼，所以就決定簽下去，也省得跟家裡繼續抗爭。阿朋則是說著自己想到國外闖蕩的夢想，他希望有一天可以站在街頭彈唱自己的歌，然後有一批粉絲。那一個週末放假，阿朋跟 Andy 一起去唱歌，第一首就是梁靜茹的

〈燕尾蝶〉，阿朋對著 Andy 唱，當時，Andy 覺得那是他聽過最好聽的版本。

「搭路囉——開始搭路——」runner 在不同的樹徑裡傳遞訊息。

Andy 回過神來發現兩個女生已經快到盡頭了，他趕緊跑到後方，兩個女生看到他之後一臉不悅地說：「Andy 哥只剩下這一段捏，你想採就採吧！」

Andy 不知道怎麼回應，他下意識地轉過身開始採果，兩個女生就是盯著 Andy 動作，不是想要學習，只是帶著敵意盯著他看（我是要來問那個男生的事啦！怎麼會變這樣。）

在大家簽到並確認今天採收數量時，早上搭 Andy 車來的背包客，紛紛往其他司機的車子走去，Andy 詢問後，才發現今天是除夕，大家準備要去市區的 KTV 唱歌，Andy 正想說些什麼的時候，眾人就表示包廂人數已經額滿，Andy 話鋒一轉，只說晚上有約朋友來家裡圍爐，他們不在家也好，說不定打麻將還會吵到彼此。大家各自上車之後，Andy 回到自己車上，看著大家的車開走，塵土飛揚的畫面，農場跟背包客們都像是隱形了一樣。

Andy 一個人開著車，一樣是梁靜茹的〈燕尾蝶〉，只是這一次 Andy 沒有跟著唱。

音樂繼續播著，Andy 看著前方的風景，馬路兩邊的樹或是農場周邊鐵絲網圍起來的柵欄，他很意外自己會將這樣的畫面跟軍中的場景重疊。（好了喔，我才沒有這樣想）這首歌其實原本不是 Andy 喜歡聽的，只是那一次去唱歌的經驗裡，阿朋盯著螢幕的側臉讓一旁的 Andy 也跟著陷進音樂的氛圍裡。阿朋把這首歌唱得很好，不單是音準，看著阿朋投入的樣子，有時伸起手就像蝴蝶展翅，有時彎腰釋放出聲音。那一次的包廂，在 Andy 的世界裡，就像萬花筒一樣，奇幻又繽紛。

車上的音樂唱到最後一句，Andy 也快到家了。

讓我做，燕尾蝶，擁抱最後的美夢，讓我短暫快樂，很感動。

Andy記得當年阿朋唱完的時候，Andy還盯著阿朋的側臉。阿朋轉過來對他笑了一下，忽然間包廂的音樂像是靜止了一樣，他們兩個人看著彼此。

（好了喔，到家了，要開始圍爐了。）

Andy回家後，拿出維力炸醬麵醬，拌著白飯，再熱幾樣菜，擺在桌上，打開手機直播台灣的跨年特別節目配飯吃。

這間房子是Andy來澳洲第三年，接手離澳的人的租約。當起二房東後，確實像被動收入一樣，有時候接濟臨時進駐的背包客，還會有額外的收入。原房東是一個獨居的澳洲老先生，他不太管Andy，平時水電家具壞掉了，Andy就自己解決，數年來沒有麻煩過老先生，Andy已經習慣這間房子的生活，他其實有擔心過，如果要換一間房子，他一時間會不知道該怎麼辦？不過在澳洲總是有活下去的方式，尤其是這幾年他已經存了一筆幾乎可以讓他退休的錢，真的不需要擔心太多。

Andy看著螢幕上不斷跳出來的群組通知，大家紛紛互相恭喜，過年新春的貼圖不停在群組裡發送。Andy 把通知關掉，雖然可能會錯過工作訊息的通知，但明天就算翹班一天，也不會有人有意見。看著眼前的飯菜，不知為何他竟突然升起了一股憤怒。抓起鑰匙，Andy 想到市區看看，他只是想要有人跟他一起過年而已（才不是，我只是想要去買珍奶來喝而已。）

市區的街上，許多亞洲餐廳人潮滿滿，大家仍然保有穿紅衣沾喜氣的念頭，澳洲當地人看到這樣的穿著，以為是另類的 dress code，也跟著穿了紅衣服，整間店，應該說整條街紅通通的。Andy 並不是要來看這個景象的，他開始繞路，只要是看見生意興隆的亞洲餐館，他就駛離。網路上大家會想去的餐廳就是固定幾間，跟農場裡的人知道的根本一樣，他只是出來買珍奶，不是要去遇見其他人的（沒錯！就是這樣。）

最後他沒有地方去，只好往橋下開，在橋墩底下，只有運動的人和遊民，然而讓 Andy 意外的是，這邊有一個亞洲市集，炒麵、貢丸湯……各種招牌上掛著的，全是台灣人在澳洲會想念的食物，光想到有可能會遇到下午盯著他看的兩個女生，

Andy 就不打算走進市集。Andy 停在路邊，既然哪也去不了，他就夾在中間吧。

他打開音響，播起音樂，他這次直接跳過了〈燕尾蝶〉，聽了串流平台裡的其他歌曲。Andy 看著遠方的布里斯本大橋，車輛來來去去，是不是也有人和他一樣，不知道可以去哪。

Andy 開始胡思亂想，拿出菸想要讓空間裡有不同氣味。轉過頭看見窗外的紅燈，有個男生穿著送餐背心，眉毛邊有一道疤。Andy 嘴巴上叼著的菸微微顫抖，他想起多年前的一個午後，他跟阿朋兩人推著裝備準備行軍上山，兩人的體力都已經透支了，但阿朋仍然站到了他的前面，拉著推車邁步向前，在一旁出力的 Andy 距離阿朋只有半個手臂的距離，在那個烈日的午後，他很確定聞到阿朋身上散發的不是汗臭味，而是沐浴乳，或是洗衣精的味道。

當天晚上睡覺前，Andy 告訴睡在隔壁的阿朋這件事，阿朋不以為意地回應家裡是做香氛事業的，所以從小身上都是香香的，當時 Andy 覺得這樣的工作很特別，沒想到阿朋大笑，Andy 才發現自己被捉弄了，阿朋其實有講過家裡是做牛排館的（幹！有夠白目。）當時 Andy 揍了阿朋幾拳，阿朋也回擊了，下鋪的弟兄還踹了床板要兩人安靜一點，但Andy很確定的是，當時睡前的阿朋，也是香的。

現在隔著窗戶，Andy好像還能聞到當時的味道。

綠燈。

Andy匆忙坐起，發動車子跟上送餐的人。他不確定對方到底是誰，可是Andy本能地跟在後面，他想，如果可以靠得更近，一定可以更確定（快手不管做什麼都要快！）Andy跟得很緊，但是布里斯本的交通也不是Andy說了算，在一個分岔口，對方就左轉了，Andy對於突然的轉向來不及應對，他憑藉著對路況的熟悉，幾個拐彎就回到原處，跟著左轉，然而卻怎麼樣也找不到對方。

Andy開著車在市區裡亂繞，好像在尋找一種失落，卻也不知道找到後的下一步是什麼。最後他將車開回最開始看到送餐員的位置，一邊是布里斯本大橋，一邊是沿岸的餐館、豪宅。

車子的電子錶報時，Andy才意識到已經初一了，中國城四處竄起煙火。看著煙火綻放，Andy的臉被火光反射的紅紅綠綠的。Andy在剛剛遇見送餐員的路口搖下車窗，點起菸，唱起歌。

「你是火，你是風，你是織網的惡魔……」Andy沒唱完，車內陷入沉寂，煙火炸出的聲響宛如間奏迴盪在火光四射的空中。一陣風吹來，空氣中瀰漫著硫磺的味道、路邊餐廳的油煙味，Andy想起說要到國外街頭唱歌的阿朋，不知道在街頭會是什麼味道？

在澳洲沒有過華人農曆新年，隔天仍然需要上班，鬧鐘一響，Andy從床上彈起身來，同樣的準備動作，同樣地進到車裡就位。昨天去唱KTV的房客一個一個帶著睡意坐進車裡。Andy這次沒有播放音樂就準備出發，後座的人驚訝地問，沒想到Andy僅是回答：「如果你們猜得到我要幹嘛，我就不是快手了。」

進入農場，大家又各自進道，臉上大都是狂歡後的疲倦，Andy暖了暖手，若無其事地開始採果。

「欸，昨天 Andy 好像沒有人跟他去唱歌欸。」

「他說不定不想要跟別人唱啊！反正都習慣一個人這麼多年了。」

「沒有喔，他還有左手跟右手。」

「難說，說不定還有左腳跟右腳。」

「這就是母胎單身的悲歌。」

「他去唱歌就應該唱這一首。」

「可惜 KTV 點不到。」

「你是火！你是風！你是織網的惡魔！」Andy 唱得很大聲，整個棚子裡的人都聽到了，對方發現 Andy 在對面，立刻低著頭。

「要抬頭啊，你前面那麼多果。」Andy 大聲喊著。

# 風不停吹

如何能夠捕捉風的線條？在距離台灣七千五百四十公里外的城市裡，風是否一樣勾勒著家鄉的形狀？又或者仍捉摸不定？

降落在 Brisbane 三個月了，Phone 還沒有所謂打工度假的生活，有的是哪邊缺工，就搬到哪邊的遊牧生活，而那根本稱不上過活。在澳洲流轉的日子聽過不少聳動的話——「在台灣叫做生存，在這邊叫生活」、「錢嘛，舊的不去新的不來，再賺就有了」、「反正哪裡都缺人，不要怕移動」……。每每聽到身邊有老背包客——俗稱老包——分享、吹噓這些話語，Phone 就知道差不多又要飄移去別的地方了，因為那些老包講完後沒多久也會離開。

Phone 習慣隨著大家移動，當初踏出飛機時輕便得像是只有裝著風的行李箱，也開始有了一些家當。

剛到 Brisbane 的時候，Phone 根本不知道要做什麼，踏進麥當勞聽到別桌的客人說中文就慢慢地靠近，被別人看穿意圖後，又不主動搭話。Phone 就算有機會認識別人，腦袋跟行李一樣空，拿不出什麼有趣的東西，名字或許是他最有記憶點的項目，但也是別人給的建議：「不知道叫什麼就取中文名字裡「鋒」的諧音吧，『電話』又詭異得好記。」帶他到hostel的背包客這樣說。

Phone在澳洲的身世，就像空氣一般輕薄，也一樣無所依存，如同他講話一般，輕飄飄的。

有一次在Caboolture的一個小市集裡打工，Phone正提著一袋攤販的垃圾要丟，不知道從哪冒出來一群外國小朋友打掉他手中的垃圾袋，然後將Phone壓倒在地上。一群人帶著嬉笑離開後，Phone慢慢起身把垃圾收好。這一切都看在旁邊的某個老包眼裡，老包上前：「你要出聲啊！被打不還手啊？你沒懶覺噢？」Phone沒有回應，因為他其實有發出求救的聲音，只是沒有人聽見而已。

東西都收好了之後，Phone準備離開，卻被老包叫住，逼著他練習自我介紹，一遍又一遍要求Phone提高音量。「我叫王家鋒，是風一般的男子。英文名字叫Phone，有工作就打電話找Phone。」每次講完Phone的臉都會尷尬得一陣紅，老包不管這些，在天色漸漸暗了之後，他看似稱兄道弟地在Phone的胸口捶了一拳，然後要求繳交訓練費，Phone說了不要也同樣沒有被聽見，最後把身上的五十元紙鈔給了出去。

後來，Phone的聲音並沒有因此變大，只不過多了一些介紹的開場白，講完之後仍然臉紅，但已經開始有人記住他了。這些記住他的背包客會帶著他一起移動，可是Phone不僅沒有累積收入，帶來澳洲的本金卻一直在減少，給這些背包客的介紹費、車費、工具費漸漸地讓Phone開始疑惑，這樣的遊牧，目的地到底在哪？

Phone第一次的遊牧從Brisbane的市區到靠近山區的Stanthorpe，接著再到Caboolture，最後搬回靠近市區的Sunnybank，大家說這裡最容易活下來，就像每天太陽都會升起一樣，「陽光銀行」或許就是這樣取名的，這裡的人充滿希望。

Phone就像之前一樣相信大家所描述的希望藍圖，只是當別人問起先前待過哪些地方的時候，他在說的時候都帶著一些失落。

Phone的英文其實並不好，待在這樣華人區居多的城市裡，他相對安全，或許是勇氣不足，更可能是競爭力不足，即便到了充滿希望的Sunnybank他還是不斷地換工作，從最開始在農場裡，他認為自己跟農產品無緣，請假總是有藉口，有時手刮破了皮、有時受吹風淋雨也受寒，最後他接受自己就沒有太堅強的體質之後，講起話來比以前更像空氣了。

所幸 Sunnybank 還有一種工作是不太需要講話的，而且幾乎是用手機工作——Uber Eats，當地叫「布里斯本送餐」。

他不知道從哪個老包口中聽來的消息，Phone 找到了辦公室申請入職。隔天在中國籍員工的說明下，花掉身上僅存的一些錢，付了制服押金、機車租金、駕照翻譯傭金，Phone 不知道會不會又像之前一樣，繳了錢卻不知道目的在哪，他只知道再不賺錢，可能賠上本金外，連台灣都回不去，而眼前這位對著電話說起流利英文的中國籍員工，是他目前唯一的選擇了。

送餐這份工作幾乎沒有技巧就能入門，騎著機車在城市裡穿梭，將臉皮墊厚一點，掌握車況，注意時間，有時候藉著運氣，薪水也會跟著提升，如果再少睡一點，拿健康做交換，也是可以有不錯的收入。

這一次在沒有任何人的帶領下，Phone 的本金開始增加了，第一週拿到八百六十塊澳幣，扣掉房租，還有七百多塊，相當於台幣一萬多。Phone 拿著薪水到商場裡點一份滷肉飯套餐，有肉有菜，其實他心裡明白這餐並不是他吃過最好吃的，但他低著頭，慢慢把飯舀進湯匙裡，身邊杯盤撞擊的聲音、餐廳結帳時收銀機的聲音，還有此起彼落的人聲，淹沒了 Phone，他就窩在餐廳的小小角落裡，看著眼前這頓晚餐發呆了很久。

薪水開始增加後，Phone 開始放鬆了些，也漸漸相信那些老包所說的，錢是賺來花的，不過比起這樣的金錢觀，他更寧願讓自己的錢花在刀口上，他一週上一次餐廳，其他時間為了省錢，他選擇自己煮一些家常菜。

剛開始他吃很多顆煎蛋，那是成功率最高的家常菜。第一次嘗試煮高麗菜的時候，根本看不出來原本的顏色，整盤焦黑。後來透過練習，先悶煮再煎鍋，學習爆香與下鹽，在煮菜的過程裡，Phone 發現付出的時間所兌換的實質回饋，跟先前那些老包一起到處遊牧是不一樣的。吃下高麗菜、三杯雞、蒜泥白肉……這些一道又一道以前家裡樓下就買得到的家常菜，Phone 知道這是一件他做了會開心的事，也知道這些事情只要開始了，就能夠達到目的。Phone 最後搬進一間有烤箱的房子，烤出人生第一個檸檬塔。

騎車在城市裡穿梭的日子，風伴隨著 Phone，彷彿又再度想起當初提著行李，踏出飛機時，澳洲的風迎面吹來，是那樣暖，當時的天空很藍，身邊的人腳步輕快，Phone 跟著同機的人一起走，不管去哪裡對他來說都是新的世界。

送餐並不會有太大的困難，也不會有什麼危險，不過倒是滿多意想不到的顧客，有穿肚兜來開門的、一群人來拿一盒便當的、家裡養了二三十隻寵物的、各種年齡階層……當然對餐點要求也是層出不窮，有些走出家門就到店家的客人，讓 Phone 比較難理解，為什麼寧願等外送員騎數公里來幫他取餐，再轉身開門，完成配送。

這種情況發生在中國學生身上特別明顯。

起先 Phone 還會很開心地跟對方打招呼，直到經歷了一次又一次地甩門，Phone 也開始把餐點放在地上就離開。

在澳洲快要半年了，Phone 開始像個老包，對身邊剛入行的外送員說：「我也是這樣過來的，不用怕花錢，沒錢了就會去賺。」在澳洲有種魔力，每個人似乎都會在這裡改頭換面一般，即便 Phone 的聲音微小，講話不怎麼有說服力，但累積起來的經歷，也讓他講起話開始有一些重音，咬字越來越清楚。

起先，把餐點放在地上的行為，還會遭到顧客投訴，但沒人料想得到 Covid-19 的疫情爆發起來，所有人的餐點都是放在地上的，也沒有人料想得到，會有一窩蜂的人從其他工作轉變成送餐族。

為了接單方便，外送員會在美食街附近逗留，有一次 Phone 聽到當初帶著他一起遊牧的老包也開始做送餐時，他對同事說：「反正就跟著一起移動，也只能這樣。」彷彿話被風吹走一樣，同事也沒有聽見他的話，然後各自騎上車，繼續送餐。

疫情以來，Phone 不知道為什麼又開始不太說話，也不太做菜。很多時候在餐廳取餐，遇到以前那些拿走他的錢的老包，他常常選擇棄單。

他在騎車的時候一邊想，懷疑自己職業倦怠的可能。回溯自己從一開始的茫然，到後來明顯的改變，甚至好像開始覺得自己跟別人有點不一樣時，疫情來了，其他以前就知道他的背包客們也來了，不知道為什麼 Phone 產生一種被隔離的感覺。

就在他陷入苦惱時，他接到了一通電話：「你以前沒送過我家嗎？」一名講話冷漠到足以把話筒溫度降低的女聲問 Phone。

當時同一條馬路他已經繞了三遍。

Phone 後來依著客人的指示抵達目的，但抵達目的地後讓他更看不清位置了。

「在大馬路轉角的房子，自己用手把木門的門拉開，進到院子後，旁邊有一條小路，走到盡頭，穿過樹叢會看見一張木桌，餐點放在上面你就可以走了。」

「可是……」

「我會給你好評。」

掛掉電話的聲音是如此清脆，身旁的冷風呼呼地吹著。

依著指示，**Phone** 聽到木門旁有小孩的聲音，半信半疑地推開門——他深怕遭到惡作劇，在澳洲私闖民宅是很嚴重的——抱著小孩的外國婦女很自然地舉起手指向一旁的小路，像駐守在那裡的守衛，整個晚上只做這件事情。

**Phone** 提著烏龍麵懷著忐忑的心走進樹叢裡，雖然盡頭有個微弱的光源，但他總覺得這條路好長，樹好高，害怕在野生動物橫行的澳洲裡，隨時會有野獸襲擊他，於是越想腳步越快，不知道是幻覺還是意外，**Phone** 總覺得樹枝勾著他的衣服，他用力撥開樹叢，跑出小徑後，果然看到一張木桌。他走近，桌面有幾處蟲蛀，邊緣還略顯腐舊，一旁還有數十個吃過的便當盒裝在塑膠袋裡，桌邊也有數十隻小蟲在空中飛著。**Phone** 匆匆把送來的麵放在桌上後，站在無人的後院，他懷疑會不會有人出來取餐。**Phone** 停留了一會之後，在離開前順手帶走了垃圾。

離開的路上，他不了解自己為什麼會有這樣的舉動，卻不停地自言自語：「我這樣應該很善良吧……如果沒有人怎麼會有這些垃圾……現在這種狀況，人不出來也很合理吧……應該是人吧……」這些話隨風飄散，當天Phone也沒有收到任何投訴，反而因為顧客回饋好評而加薪。

隔天，又接到同樣地址的訂單，是咖哩雞飯。再隔一天，火腿蛋炒飯，三天後，烏龍麵，一週又兩天後，椒麻雞飯……Phone不知不覺來這個地方已經十餘天，每次他都會帶走垃圾，事後會收到對方的好評——雖然只有謝謝兩個字，但這額外的獎金，澳幣二塊，也讓他覺得超值——這好像變成他們的對話方式。

Phone不知道從哪天開始，他放下餐點之後，會在原地坐一下，把東西擺好：「今天比較塞車，所以我晚到了，可是我有幫你放在雨衣裡保溫，所以還是熱的，你快點出來吃。」、「你已經連續吃兩天的滷肉飯便當了，要不要換口味？我知道大百匯的餛飩湯麵很不錯。」

Phone小聲地說給風聽，希望能夠穿過門縫傳給客人聽，他喜歡這樣單向式的互動，不需要負擔其他人的回應。日子就這樣維持了一段時間，Phone也遺忘了對於職業倦怠的疑惑，對他來說，配送「木桌女孩」的訂單，是疫情期間的短暫解封期。

大家都變得越來越不互動。

Phone 其實沒有太大影響，他本來就不太跟其他人互動，過去那些人來了之後，更是把自己關起來。

他想起有一年中秋節，他看著月亮，想起以前在台灣老家，整個家族團圓烤肉，好不熱鬧。懷著這樣的心意，他決定傳訊息給所有客人，就算沒有回應也沒關係：「月圓人團圓，祝你用餐愉快。」

當晚他騎著車送餐，在城市裡爬坡、過彎，到了深夜十二點中秋節要結束前，他靠在路邊，當初在市集揍他一拳的老包停在他的旁邊：「你在傳什麼簡訊？浪費時間，怎麼樣？有沒有進步了？」Phone 拿起安全帽就想離開，「小哥辛苦了，也祝你中秋節愉快，早點回家。」一封意料之外來自客人的簡訊讓 Phone 在路邊跳起來，老包充滿不屑，但那晚過後，Phone 知道這是他的全面解封。不用管其他人，他就按照自己想要的方式做就可以了。

離開路邊繼續在城市裡騎車的 Phone 來到木桌女孩的家，想跟她分享這樣的喜悅，就算沒見到人也沒關係。他坐進桌子，不吵也不鬧，看著星星閃爍，聽旁邊的樹叢沙沙作響，就這樣發呆了一陣子。

「你好奇怪。」有個長髮過肩、纖瘦的女生站在一旁的屋子門後，門沒有打開太多，但 Phone 已經能夠看見她的樣子了。

夜裡她眼裡閃著一點光芒，跟自己的聲音一樣幽微，鼻子在月光的照耀底下，山根形成的陰影讓她的輪廓顯得更加清晰，臉型小小的。很難想像這麼多口味的訂單是一個清秀的女孩點的，「謝謝你幫我丟垃圾。」門唰地又關上，「你叫什麼名字？」「Nana。」Nana 隔著門回答。

Phone 想起當初她掛電話的樣子笑了，庭院裡的樹，隨著風擺動，走出去的路也沒有以前那麼可怕。

在疫情之下，即便是送餐老手也因為外來人力的湧入受到影響，每個人變得像是打仗，搶單、取餐，全都變了樣，但 Phone 跟別人不同，就算只有一張訂單，他好像也不會因此而沮喪或者影響上班的心情。他期待任何一張訂單的出現，如果是Nana 的點餐，Phone 會自己增加飲料或者麵包、甜點給 Nana，他不知道為什麼，可能 Nana 的狀態跟他的聲音很像吧，好像幾乎無法具體捉摸，可是卻存在著。

Phone 喜歡這樣的狀態，一人送餐，一人評價，在通訊上有著非常直接地連結。Phone 開始覺得自己真正有了一個朋友，往後即便 Phone 沒有上班，他也會做晚餐來 Nana 家一起吃，吃完就留下一份替她準備的。

前幾次的時候，遇過其他的外送員，滿臉困惑地穿出樹叢，甚至有些狼狽，便打從心底覺得有趣。Phone 猜想 Nana 當初是不是就在門後這樣看著。

後來，Nana 也出來一起吃飯了。Phone 記得那天晚上，月亮很圓。

「你前天買的是哪一間？」

「前天？我自己做的啊。」Nana 聽到答案的當下沒有什麼回應，Phone 挖了一口飯繼續吃。

那天 Phone 其實沒有上班。後來他晚上都不上班，甚至下午也是，只維持早上跟半夜的送餐，這樣其實足夠他生活。他開始日日在廚房裡開工，下一匙醬油，沾一抹蒜糊，灑青蔥、混薑黃，Phone 數度覺得自己是個藝術家，在精緻的擺盤旁用番茄醬簽名。直到某天 Nana 告訴他：「你的簽名好醜。」然後拿著湯匙沾了一點醬汁，在盤子的空白處，寫出 Phone 的名字，筆觸像風吹過一樣。

Phone 驚呼連連，拿起手機拍下。

Nana 說她以前在畫室打工，幫忙準備器具，她想自己上陣教學，但都被畫室裡的老師搶走學生，即便空有一身畫技也無施展餘地。

一日老師喝醉回到畫室遇見正在清潔打烊的她，藉著酒意手就摸了上來，Nana 不知怎地，把平時累積的怨氣一股腦地發洩出來，打爛了畫架。被打的老師痛倒在地，頭上的鮮血濺到畫盤上，原來人的血跟正紅色的顏料相比，偏黑。

Nana 離開畫室後也沒有任何消息傳出，估計老師不敢張揚，一時沒有工作，也沒有打算的她就這樣飛來澳洲了。當時她想著，聽說國外善待藝術，在街上替人畫像賣藝總沒有人可以跟她搶。實際上，在市區的街口待了整天，經過的人，大多數的人不會注意 Nana 在做什麼，就算她打錯輪廓也沒人在乎。

「澳洲打工度假，不去會死！」兩人說到最開始找資料看的臉書專頁，異口同聲笑著喊出。想起剛到澳洲的時候住在 Spring Inn，兩人更是對一個叫做 I 的房客印象深刻，「他是好人。」Phone 輕輕地說，但清楚地被聽見，Nana 也默默地點了頭。說到澳洲一開始各種等工、燒錢的日子，兩人心有戚戚焉，彼此療了一點傷，更慶幸那樣的日子都過去了。Nana 後來就畫一些仿作拋售給各種二手市集的畫販，既不耗時費工，又不必與人過多接觸，維持了某種低限度的生活。

Phone 覺得自己應該就做這份工作直到簽證到期，他覺得 Nana 會一直這樣陪伴自己下去。雖然他很想知道為什麼當初 Nana 會這麼與世隔絕，但始終不敢開口問她，即便跟 Nana 已經多了很多互動，但每次聊天的時候，總覺得 Nana 仍然像當初一樣站在門後，打開一道小小的門縫跟世界接觸。

Sunnybank 雖然是個討生活容易的地方，但也相對混亂，打工度假的人多，有黑工有白工，老闆也都各懷鬼胎。背包客之間流傳著各種搶劫、治安的問題。

這天晚上，Phone 聽說一個女生工作回家，遭到歹徒尾隨性侵的新聞，雖然他知道Nana住的地方偏僻，且幾乎足不出戶，但出於關心他仍在晚餐時間跟Nana提到了新聞。當時，Nana臉上沒有太多表情，只是晚餐吃得比平常還慢而已。吃完的時候Nana提醒外面的房客快要換人了，過一陣子那條會讓人變得狼狽的小徑也可能會改建。Phone想起自己第一次進來的時候又再笑了出來，但Nana講完就進房間了。那天晚上Phone感覺特別冷。

隔天晚上到了七點，通常六點半就會出現的Nana訂單，卻遲遲沒有收到，他很肯定Nana知道他的班表。八點、九點，Phone騎車繞過去她家，到了門口也不敢喧譁，輕敲幾下門，等了一陣卻沒有回音。Phone展開各種臆測，可能是染疫發燒昏倒？還是出門工作？或是自己講錯了什麼話？Phone後來不再繼續思考，每當他無法回答一個問題時，他覺得自己離Nana越遠。

他留了紙條、傳封簡訊後離開了。再隔天早上起來，沒有任何消息。Phone有種直覺，Nana就像風一樣，消失在某個方位裡。接連幾天的拜訪，不止息地傳訊息跟電話給她，最後硬著頭皮想要問院子裡的外國婦女，但出現的是幾個身穿牛仔褲的男人，Phone 用手指著後院，不斷地說著：「Nana、Nana、Where？Where？」男人們講一大串話之後吐了一口口水就轉身回到屋裡。

Phone 猜 Nana 已經搬走了，搬去哪裡也不清楚。

Phone 有一陣子漫無目的地在巷子裡穿梭，即便訂單晚送達也無所謂，他流連在一些替 Nana 跑過的餐廳路線上，期待有一天能夠在裡面看見 Nana 的身影，或是問同事有沒有收過 Nana 的訂單。

那天過後，太陽似乎不在這座城升起，對 Phone 來說，每天就是這樣灰濛濛的，到了夜晚跟白天沒有什麼差別。

直到有人搬進 Nana 的住處，他再也不能進去裡頭的木桌等待她。那時候身邊吹來的冷風，讓他想起第一次被 Nana 掛電話的感受，可是現在不像當初那樣冷。

他記得當時 Nana 的口氣，還有夜裡她眼中的光芒。在那些夜晚兩人吃著餛飩湯麵吸食麵條的聲音，這些場景好像都還是不久前發生的事；Phone 也記得 Nana 湯跟飯要分開訂，好評就可以分開給，多賺一筆小費，他更記得當初說給風聽，希望可以送進門縫，促使 Nana 打開門的碎語。

澳洲的路都很長，長到沒有盡頭那樣。這天晚上 Phone 沒有回家睡，他騎車上路，一直騎下去，不知道會到哪裡，邊騎邊加速，說著一些關心的話，希望能擁有足夠快速的風，帶著他的話追上 Nana 的背影，傳達 Sunnybank 的溫暖給她。

Phone 又不太說話了，送餐就只是取餐配送而已，疫情允許他可以更加冷漠。在公司的通訊群組裡面，幾乎不回應同事的互動，也不傳簡訊給客人，他像是消失一樣，有天路上遇到一個外送員，對方絮絮叨叨，希望激起他一些工作的意願，Phone 就只是回應：「反正也不知道要做什麼，就繼續過下去吧。」然後駛離。

簽證下個月就到期了，Phone 無心再繼續申請二簽，雖然他似乎習慣沒有 Nana 的日子，但心底仍存有一點希望，或許回到台灣能夠遇見她。一天，碰巧發現之前 Nana 住的地方出租，Phone 辭了工作，他靠著存下來的一些錢，希望離澳前的一個月都能夠在這裡好好住著。他想知道那些足不出戶的日子裡，Nana 在做什麼？

剛開始他有點慌，屋裡不知道住過多少人，許多 Nana 生活的痕跡已經沒有線索，就連那條樹叢小徑也被整修過，樹叢變成了圍籬，翻過去就是鄰居的庭院。

Nana 曾經告訴過他，天花板有一個角落的壁紙受潮翻起，她想嘗試撕開，或許後面藏了一幅巨大的地圖，Phone 現在希望後面藏了 Nana 離開的路線圖；浴室的水龍頭在半夜三點的時候會開始漏水，滴滴答答地從不止息，即便起身旋緊水龍頭，過不久依然溼一地，早上起床就是要面對這樣的不堪；床的彈簧在翻身時會發出哀號，只能一次又一次嘗試，把自己的身體困在某個角度，才能夠安靜度過夜晚……但這些都不見了，隨著 Nana 的離開都不見了，或許因為房東修繕完整，或者都隨著 Nana 一起消失在世界上了。

Phone 除了在房子裡尋找 Nana 生活過的痕跡，每天也還是會在外面的木桌吃飯，只有在這裡他才比較放鬆，又或者吃得比較有味道。一直到要離開的前幾天，Phone 都還是在這個老地方一個人吃飯。

有天晚上，風的溫度比平常冷，外面很安靜，馬路上沒有什麼車，似乎有種感召引領他來到桌子前坐下。他端著泡麵赤腳走出外面，踩在低溫的草地上，草一根一根接觸腳底板的時候都像刺進Phone的肉裡。他來到桌前坐下，盤起腿坐好，用手溫了溫腳底板。在準備用餐時，突然一陣哀傷。

Phone趴在桌上，想起以前的總總，他開始對著空氣問：「在哪裡？在哪裡？妳到底在哪？」

Phone不斷重複，風也一直吹過他的身體。他說話沒有這麼大聲過，他希望可以得到一些回應，只是當身邊只剩下呼呼的風聲時，他知道不會有人回應的。Phone坐起身，不知道什麼時候開始，隔壁穿著牛仔褲的男人站在小徑上，後面還站了兩個人。

正當Phone意識到自己的窘境可能被看到有點難為情的時候，他們已經衝到木桌旁，推倒Phone，接著一陣惡打。過程中，有人拿起口罩塞住Phone的嘴巴，Phone想起了當初市集的既視感，他反擊，在空中揮拳，竭盡全力地喊出聲來。Phone不知道有沒有效，但趕走了這些人。離開前牛仔褲的男孩仍不停叫囂，fuck you Chinese, fuck you Covid是他唯一聽懂的話。

Phone趴在草地上，身體漸漸感受到低溫帶來的刺痛，但是看著沒有星星的天空，一陣又一陣的風掠過皮膚，混雜著被揍的痛感，他把自己蜷縮起來，像掉在草地上的一個死掉的昆蟲一樣。不知道過了多久，Phone回過神的時候發現桌子底下有一幅顏色鮮豔的畫，Phone看傻了，畫面裡似乎藏了太多訊息，他無法一時間解讀完。

在右上角的位置，Nana畫了這張桌子以及Phone平常穿著的黃色制服背心，是兩人吃飯的寫生；緊鄰在旁邊的是Phone最開始印象中的Nana，原來她是這樣看自己的，那個自畫像中，門後的Nana眼裡沒有光芒，僅是一片黑；左下角有一個小小的台灣，外面用了一個家的框架包覆起來；其它有一些零散的物件：畫筆、畫盤、各式的美術用具、還有一些工作的描繪可以猜出過去Nana的職業，有肉廠、蔬果包裝廠……正中間是一幅混雜了黑色、灰色、白紅藍綠，各種較為暗沉且粗獷的線條所構成的漩渦，與其說是漩渦，不如說是風暴。Phone仔細一看，風暴的正中心是一個女孩，裸體的女孩。

Phone不知如何反應，嘴巴不自主地張著，一旁的風鑽進桌底灌進他的身體，他甚至被風嗆到，感覺肺變得乾冷。Phone慢慢地回想過去在這個木桌交換過的訊息，才隱約明白，當初不小心誤觸了什麼開關。他想起Nana提醒隔壁鄰居要換人的夜晚，在他講完女孩被侵犯的新聞後，Nana吃飯吃得很慢，Phone仔細回想才意識到，那個沒有表情的Nana跟木桌背後，風暴中心的女孩長得很像。

木桌的背面有一些裂縫，有幾道可以窺見星星閃爍的天空。裂縫中有青苔，黴菌寄生。Phone在其中一個小縫裡發現一封摺得極小的信，他取下來讀。

「恭喜你找到藏寶圖了。抱歉我走了，人生就是這麼突然，就像我也不知道為什麼，那天晝販突然闖進我家撲倒我。謝謝你的晚餐，我只是想跟你說這件事，但不想當面說。然後，以後不要隨便做菜給別人吃，還有簽名要好看。」Nana在旁邊又再簽了一次那個像風的線條的名字。

風持續灌進身體，Phone躺在地板上失了魂，最後皮膚因為失溫，而感到刺痛，他才起身慢慢走回屋裡，關上門以前，Phone透過門縫再看了一眼木桌，想起自己跟Nana的初相遇，原來從房裡看出去的世界就是黑的，無光的。

Phone 那幾天都坐在屋裡，一動也不動，他好像能夠明白，為什麼 Nana 不想出門，他也想把自己關在屋子裡，害怕去面對發現祕密的自己，害怕踏出這個門世界就要崩毀。簽證要到期的前三天，因為一個手機音效通知，Phone 才開始比較有意識的活動。Phone 滑開手機，查看公司一個月結算一次的好評通知。

其實 Phone 已經沒有工作很久了，他當然不會有好評。不過他就開始滑著其它人的好評。他注意到一張特殊的訂單留言。

「謝謝你，風一樣的人。」

Phone 像著了魔一樣瘋狂聯絡那位從未互動過的同事，他想知道訂單從哪來的，他送去哪裡？客人長什麼樣子？聯絡上以後，誰知道一問三不知，對方只把餐點放在門口就離開了。Phone 轉向公司詢問，因為保密原則公司不能透露客戶資訊，就算無技可施，Phone 也沒有放棄。他在兩天內送出二簽申請，並且復職，他相信 Nana 沒有忘記他，他也相信他們還能夠在一起開心吃飯。

Phone 講話比較沒有這麼小聲了，他開始跟別人講話，因為他知道，需要透過這樣才能捕捉到各種 Nana 可能存在的線索，背包客的聯絡網就是這樣建立出來的。

Phone 對送餐的生活又有了動力，他相信有一天，風會帶著他去到有 Nana 的地方，就像上週他又看到熟悉的好評回饋，他把握時間詢問同事，得知是在車程一個多小時外的城鎮，那邊沒什麼華人。

收拾好行李，Phone 準備遷移去那邊前到餐廳點了一份滷肉飯套餐，跟當初第一次吃的一樣，連配菜也是，味道不怎麼樣，但 Phone 卻吃得津津有味。走出餐廳風不停地吹向他，從一個明確的方向吹來。

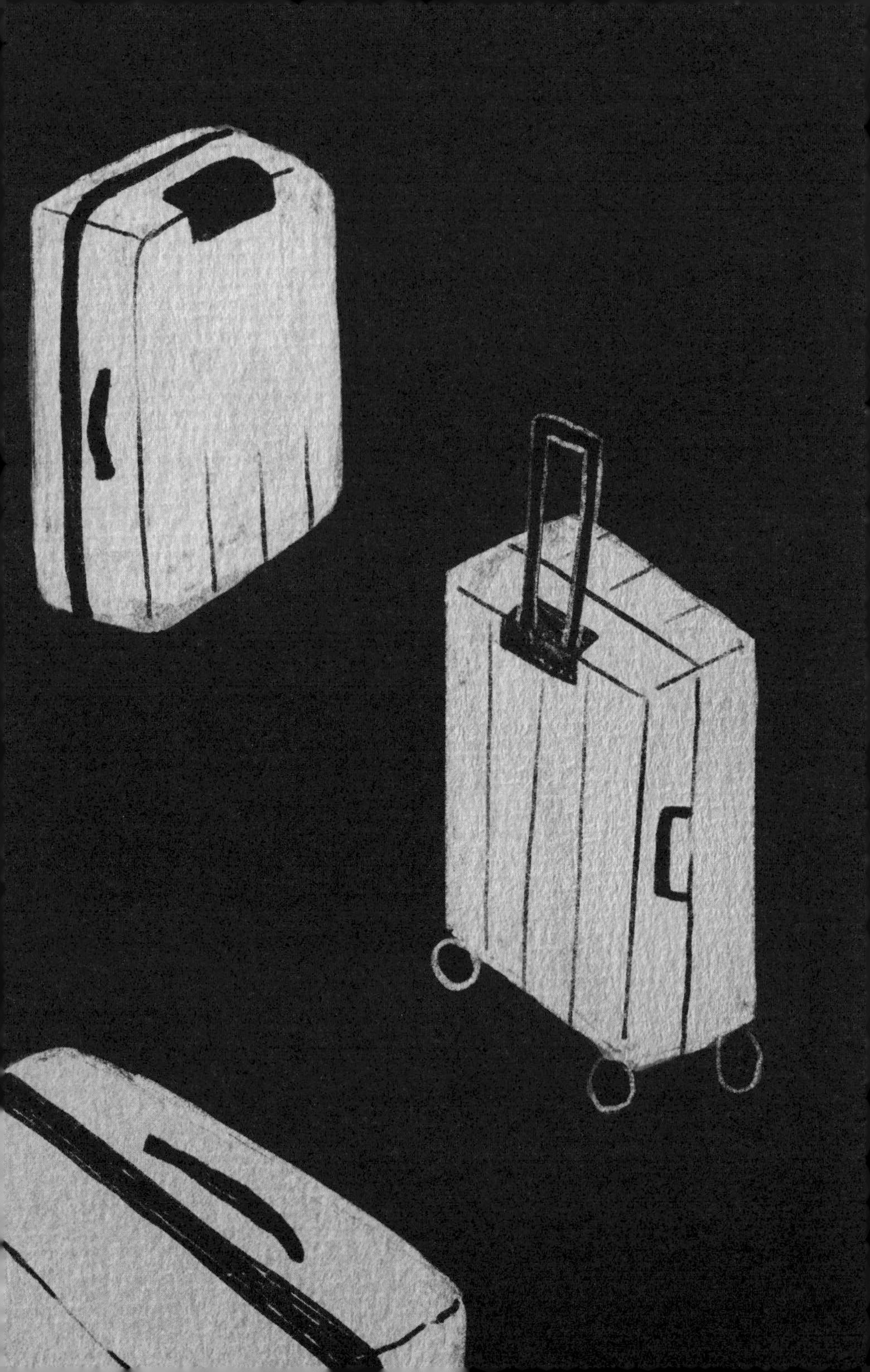

# 幸運

# 1

星期天晚上是敏敏最討厭的時段。餐廳裡滿滿的客人，空間中交雜著各種語言，還有食物的味道，跟各種體味。其實整個 Sunnybank 的亞洲餐館都是這麼擠。敏敏常想，究竟是因為租金的關係，還是亞洲人的習慣讓一切看起來都小小的，所以才會導致空間的擁擠，她所認知的台北、香港，好像都是這個樣子，然而敏敏也知道，這一切並不是這些城市願意變成這樣的。總之敏敏不喜歡這種感覺，穿梭在桌子與客人之間的縫隙，整個晚上餐廳都上演著人與人的摩擦，她想起了鹿港的摸乳巷，像是不時被摸了幾把，往往轉身想要追究時，客人僅是彎著腰撿起地上的刀叉，一臉鄙夷地吆喝敏敏換一副新的餐具。敏敏討厭的，不僅有星期天，是所有上班的時間，即便每天出門前她都說服自己：「可以的！只要相信就可以的！」

餐廳裡有一對背包客情侶檔，York 是高雄人，CC 是日本人，他們兩個英文都不好，就是一天到晚用 Google 翻譯溝通。敏敏對於這種相處模式不能理解，但卻在心裡羨慕著。

York 就像過去國中班上的男生一樣，最常使用的日文單字就是イデエ（音似「伊爹」）跟やめて（音似「芽妹跌」）。每次廚房出菜的時候，明明 York 離出餐口最近，但他卻會對著敏敏喊芽妹跌！芽妹跌！敏敏不知道為什麼 York 不自己出餐？也不知道為什麼 CC 其實都看在眼裡，卻在遠處笑嘻嘻地看著這一切，敏敏更不能理解的是，自己氣得頭皮發脹，卻還是繞過幾桌的距離，去出那一份原本應該是 York 負責的餐點。

每當她拿起餐點，York 會在一旁假意膜拜，敏敏總常常被逗得不爭氣地笑出來，因為在澳洲只有 York 會這樣跟她開玩笑，也只有 York 說的話她聽得懂，這幾個月來其實是這些無意義的互動，讓她度過每個星期天。

York 跟 CC 還沒來時，敏敏只是在廚房裡洗碗的非法黑工，時薪九澳，即便如此還是比台灣基本時薪高，敏敏常常一邊洗碗，一邊安慰自己，因為她相信慢慢累積，一定能存到第一桶金。

每週敏敏都會將薪水記錄下來，在月曆畫下曲線圖，用來鼓勵自己每天都比前一天進步。月曆是她到澳洲才發現是媽媽趁她不注意時，塞進行李箱的宮廟月曆，除了流年之外，還有各種神明壽辰的資訊，最後才是幾頁的空白紙。原先敏敏沒有打算使用，覺得俗氣，但帶來的錢都在等工時燒光之後，連買一本筆記本都嫌奢侈，這些附贈的空白紙反倒是經濟實惠的選擇。說也奇怪，自從敏敏開始在月曆上寫下目標以及記帳之後，生活開始有了輕快的感覺，York和CC也是在那陣子出現的。

York個性開朗、積極，才來的第二天，就要老闆讓所有人領正職白工的薪水。敏敏還記得那天，她在廚房裡洗碗，戴著的頭巾早已因汗水溼透，York走到眼前：「Mimi桑，你香不香，ㄅㄧㄢˇ成白工。」York不知道為什麼要拙劣地模仿日本人說話，模仿的成果失敗到當下敏敏無法立刻反應過來，當York放慢速度再說一次時，敏敏高興地潑起水花，然而失落的心情隨著水花落下也一覽無遺，她想起自己英文不通，不知道怎麼做外場，甚至填不了應職表格。York沒有讓敏敏擔心太久，立刻自告奮勇協助，事後才知道，其實York的英文比她更差，但想到薪水可以從九澳變成十八澳，敏敏就覺得離目標更靠近了，就算薪水還是不足合法薪資也沒關係。

York幫敏敏填完表格，老闆帶著三人在餐廳外場交代工作事項。CC上前向敏敏搭話，起先是一串聽不懂的日文，直到CC說出：「台灣，棒棒！」時，敏敏才笑了出來。

CC的眼睛圓滾滾的，敏敏看著白皙的CC，她的眼裡映照出自己綁著馬尾，戴著厚眼鏡的樣子，敏敏持續盯著CC用櫻桃小嘴說話，不知為何地想躲起來。敏敏試圖轉移注意焦點，專心聽老闆的說明，走了幾步看見牆上附著一層油汙的鏡子，鏡面中的自己像是怎樣也擦不乾淨。當時老闆正在示範桌上的陳設該如何調整，但敏敏的分心導致整個流程中她都被罵，而那天恰巧就是星期天。

當天晚上York跟CC在門口等敏敏換下圍裙走出來。兩人一左一右地靠上敏敏，鼓譟要去旁邊的麥當勞慶祝，敏敏勉強笑了笑說自己有點累，心裡想著一餐麥當勞對她來說是很昂貴的，但York不停鼓吹，再加上CC不停地說台灣棒棒，敏敏在兩人半推半就的狀況下進了麥當勞。

明亮的空間、自動化的點餐機，敏敏看著櫃台的服務人員熟練地操作著所有流程，心想，這不就跟自己平常的工作一樣嗎？敏敏吃了第一口麥克雞塊的同時，原先勉強的心情，已經被雞塊的味道掩蓋過去，她越吃越開心，糖醋醬一口一口地沾，York也開心地端了兩份大麥克來，然後莫名地開始對敏敏膜拜，CC也加入動作，敏敏被兩人逗樂，直到York拿出敏敏的銀行卡：「謝謝敏敏大神賜我們食物，我們一定會好好報答敏敏大神。」敏敏不知道自己的銀行卡是什麼時候被拿去付錢的，但看著戲劇化膜拜的兩人，敏敏卻不好意思打斷這齣鬧劇。

「煩捏！哪有人這樣，下次換你們請。」敏敏笑著說。

「芽妹跌，芽妹跌。」York左右搖晃身體，表示不要。

「芽妹跌，芽妹跌。」CC笑起來應聲，小手也在面前揮動。

敏敏覺得CC的臉好小，手也好小，整個人也好小隻，她很好奇，CC要怎麼搬動一堆盤子或是一大籃洋蔥。

「我用一個祕密跟你交換。」正當敏敏還在替 CC 擔心工作負擔的時候，York 突然提議。

「在 Eat Streat 夜市那邊，有一攤套圈圈的攤販，老闆看心情做生意，但只要你遇到了，套中裡面的籤王，你可以許願，願望都會成真，我們之前農場的工頭就是這樣才加薪的，他現在週薪都破兩千多。」

雖然週薪破兩千在澳洲會是一件值得注意的事，但敏敏其實聽到套圈圈的時候，就已經開始失神了。

## 2

敏敏是台中人，小時候最喜歡星期天，因為爸爸都會帶她到太平的夜市去玩。當時小小的身體，每次去到夜市，往往一半的腹地都還沒走完，敏敏就開始覺得腳痠，要爸爸將她放在肩膀上，她可以看得更高更遠。敏敏跟著爸爸經過一間又一間攤販的時候，招牌、燈泡就亮晃晃地閃過身邊，一大片沒有盡頭的夜市，就像是整片的星海，隨著在爸爸肩上搖晃，敏敏覺得自己就像是一隻漂流在星海裡的許願瓶，她希望眼前的景象可以永遠存在。

夜市的最後一站，爸爸會帶敏敏來到套圈圈的攤販，套圈圈可以說是夜市裡最奢侈的攤販了，他們使用的面積幾乎是最大的，所以總是在夜市的深處。

所有獎品依照不同的價值排列，通常第一排都是一些顏色和造型都有點失真的小工藝品、玩具，這些只要伸手就能把手上的竹圈套進靶桿。長大了才知道其實都是工廠的瑕疵品。接著會是一些飲料、然後娃娃、或者擺飾，隨著距離越遠，物件越大越值錢。來玩的客人會施展各種奇門遁術，有人是一手抓了十幾個，一次丟出，數個竹圈在空中排成一列飛行，好像設定了飛行軌道一樣；也有人是一個一個連續丟出，就像發球機，維持穩定的速率以及高度。有時候，先飛出來的竹圈，被下一個竹圈打到，因而中靶，不知道是戰術還是意外，總之就是幸運中獎。

敏敏跟爸爸很喜歡來這間是因為只要有人套進靶桿了，老闆就會高聲歡慶：「恭喜中獎！」敏敏很喜歡這種儀式感，很像是在說你最棒！你第一名！你成功了！

有一次敏敏月考國語拿了九十八分，爸爸帶敏敏到套圈圈的攤販買了三桶竹圈。當時她鎖定倒數第二排的鴨子抱枕，模仿過去觀察的方法，敏敏丟出所有她會的「招式」，沒想到三桶很快就要見底了，卻連鴨子的腳都沒碰到，只剩下最後幾個，爸爸釋出幫忙的善意，敏敏猶豫了一下，她相信，她可以靠自己成功的，她已經可以想像老闆歡呼的樣子。敏敏拿起一個竹圈，瞄準抱枕後的靶桿，好像靶桿就在眼前。丟出第一個，她只聽到落下的竹圈，掉到地上與其他人落空的竹圈碰撞的聲音，再丟出一個，手上只剩下三個，老闆熱情地一邊大喊：「加油加油加滿機油！」同時將地板上的竹圈掃到一邊，重新裝桶。敏敏覺得這樣很好，她不想要地上那些失敗的竹圈影響了中獎的運氣。

敏敏再度拿起手中的竹圈，手指調整角度，手腕向內微曲，丟出去之前深吸一口氣，像爸爸教過的那樣。竹圈在一切都調整好了之後飛出去了，竹圈平行地往目標飛過去，撞擊到靶桿的同時：「唉唷！差點打到我，差一點差一點，加油加油加滿機油！」老闆側身閃過了敏敏丟出的竹圈，但是她看到了！敏敏確定竹圈有套進去靶桿，但是老闆將它勾出來，敏敏大哭大喊，爸爸試圖安慰，抓著敏敏的手隨興地丟出手中僅存的兩個竹圈，然後將敏敏拉走。

敏敏被爸爸拉著走，她哭喊的聲音，淹沒在人群中，敏敏回頭看，在人影交錯之間，老闆對著她露出詭異的微笑。敏敏哭得更大聲了。

那次之後，敏敏再也不去那個夜市了，甚至跟爸爸冷戰一段時間。隨著年紀漸長，她和同學一起去夜市，在不同的套圈圈攤販裡練功，甚至高中偷偷交的一任男朋友，就是夜市攤販的兒子。敏敏套圈圈的本事在夜市闖出了名號，雖然大家認為這只是一種遊戲而已，但敏敏內心知道，每次在套圈圈攤販練功的時候，身邊就像站著一個小女孩，隨時都期待竹圈能如願地套進靶桿裡。

# 3

餐廳的名字叫做幸運，賣得最好的餐點是幸運炒麵，老闆甚至很單純僅翻譯成「Lucky noodle」，不知道是否因為名字容易記，或是真的好吃，無論是華人或是外國人常常會點這道餐。對敏敏來說，這道菜會受歡迎的原因或許只是因為便宜。

幸運炒麵也是他們的員工餐，除了這道餐點以外，所有餐廳裡的食物都必須跟客人付一樣的費用。為了省錢，敏敏還是每天都吃幸運炒麵。收工回家後，她會拿出前房客留下的東泉辣椒醬淋在麵上，只要吃一口這樣的滋味，她就像回到台灣了。

在 Sunnybank 裡，幸運不算是出名的，但因為便宜，又鄰近馬路邊，再加上營業時間長，一天來客數在這一帶亞洲餐館裡是數一數二的。老闆 Mark 是韓國人，餐廳不單做韓式料理的原因就是因為他認為在這裡華人居多，他不想只賺韓國人的錢。Mark 總是窩在櫃台裡，對著員工大呼小叫，有時候敏敏懷疑他藉此延長客人的耐心，拖延出餐的速度，畢竟在餐廳裡真正做出餐服務的人，只有敏敏一個。

雖然面對情侶檔敏敏有著許多無奈，但對她來說，能夠在一個地方有工作，就已經是異地求生很好的結果了。她往往會回過頭想自己時薪九塊的時候，無論如何是不可能再回頭。

幸運的生意越來越好，Mark 甚至開始跟送餐的 Uber Eats 搶生意，餐廳也做外送，這完全會增加工作的負擔。York 跟 CC 起先跑過幾趟，後來不時用抽筋或者肚子痛作為理由，最後外送的工作也落到敏敏身上。

敏敏漸漸明白，York 跟 CC 其實並沒有真的想工作，很多時候就只是在餐廳裡共吃著一盤幸運炒麵，然後拿著手機翻譯，彼此嘻笑打鬧。敏敏甚至有幾個星期天，幾乎要忙到喘不過氣，當她從滿滿的人群中擠出，趁空檔到後巷透透氣時，發現兩個小情侶在後巷抽大麻菸。他們看見敏敏走來，發笑的時候還會將聲音拉長，像是某種挑釁。然而，York 總是會在敏敏快要受不了要大罵時，對著她說：「可以的！你一定可以的！加油！加油！」敏敏像是被制約一樣，原先滿腔的怒氣，在一聲聲的加油裡，漸漸消退。敏敏看著眼前恍惚的 York，想起幫她填表格以及逗樂她的樣子，敏敏總是會帶著一種勉強的微笑，轉身回到水洩不通的餐廳外場。

後來，大家都以為送餐一件苦差事，但對敏敏來說，這才是真正的休息。

敏敏騎著車，離開幸運，進入城市，穿梭在河道、橋墩、街區之間，Sunnybank 的地形有高有低，往往一條巷子能夠看見不同的街景，敏敏隨著地勢上上下下，看著城市的燈火，她想起了小時候的夜市，眼前一片閃爍，街景像是跟記憶中那一片燈海重疊了起來，機車騎在坑坑巴巴的路上，一上一下之間，好像回到爸爸將她扛上肩的時光裡。

敏敏停在路邊，點開 Google Maps 確認目的地，她希望自己能夠少繞一點路，如果能夠精準地抵達送餐地點，她可以多一點時間在城市裡遊蕩，這才是她真正享受到的自由。

沿著 McCullough Street 走，會逐漸往上爬，然後會銜接到布里斯本市區的高速公路，在澳洲很多這種漫無止境的大路，敏敏很喜歡這條路，騎在路上她有一種無比安靜的感覺，彷彿身旁的車聲都靜止下來。她在接近宵夜時段外送過一個幸運炒麵，回程趁路上車少，她偷偷閉眼三秒，睜開眼睛之後深呼吸，好像重新活過來一樣，她喜歡那樣的時光。

在 McCullough Street 中段往右轉，會進入高級住宅區域，像是台中七期那樣，光看房子外觀、庭院大小、房子外停的車就知道這區都是有錢人。敏敏在晚餐時間完成送餐後，發現距離下班約莫還有半小時，她決定到附近繞繞，正好避開打烊的清潔工作，讓情侶檔替她收店，不知道為什麼光有這樣的念頭，敏敏就覺得興奮，在夜裡乘著風唱起歌來。

轉過一個街區，眼前是一個社區小公園，公園的正中間有一座溜滑梯，溜滑梯被籠罩在一棵樹的樹冠底下，樹上掛滿小燈泡，很像一棵會發光的樹。敏敏停下機車，慢慢走近溜滑梯，走進光圈的時候，身體都跟著溫暖起來。

敏敏在溜滑梯上玩了一陣子，然後，躺在溜滑梯上，看著頭頂的燈泡，一閃一閃地。

「爸。」敏敏無來由地對著空氣叫了一聲，然後哭了起來。

敏敏不知道自己哭多久，直到身邊突然冒出一個男生：「你還好嗎？」男生站在一旁看著她。敏敏覺得難為情用雙手蓋住了自己的臉，趕緊坐起來。

「我第一次也覺得這裡美到想哭。」男生溫柔地說。

過了一段時間，敏敏聽著自己的心跳緩和下來，甚至聽見燈泡之間電流竄來竄去的聲音。敏敏將手慢慢拿下，眼前的男生拿了一個麵包給她：「我在麵包店工作，這個給你。」

敏敏接過麵包後，又哭了起來，男生手足無措地站在一旁試圖要安慰敏敏，後來不知道過了多久她才平息。男生叫 Joe，也是台中人，名字就叫李喬，中文名字就像英文名字。他們移動到溜滑梯旁邊的椅子坐，吃著菠蘿麵包，講彼此都聽得懂的語言，一瞬間敏敏以為自己是在台中的某個公園跟鄰居聊天。

敏敏介紹自己家鄉靠近太平，週末去夜市套圈圈的故事，李喬興奮地跟敏敏分享 Eat Street 裡傳說套圈圈的事情。李喬說自己之前農場遇到的朋友，就是在喝醉的時候遇到了套圈圈的攤販，還胡亂套中一座小金人，過沒多久，意外拿到居留證，現在已經是澳洲公民了。敏敏不可置信地抓著李喬繼續詢問攤販的消息，但李喬終究只是聽說，無法提供太多資訊，就在敏敏感到灰心的時候，幸運打來電話問敏敏的行蹤，她匆忙起身離開，敏敏準備要騎車前，轉頭看見站在溜滑梯旁的李喬閃閃發光。

## 4

自從遇見李喬之後，敏敏更期待外送的時光。因為英文不好，她用各種路標、房屋來記住不同的路線，至少對於圖像的記憶敏敏還是有點把握。她把時間節省下來，希望可以多一點空間去發光溜滑梯等李喬。上次忘記留下聯絡資訊的後果，只能一次又一次地碰碰運氣。敏敏比以往更認真上班，甚至不需要 York 假裝自己不舒服喊著「伊爹伊爹」，敏敏也會自己頂替 York 的位置，而 York 到了後來也不太花力氣去娛樂敏敏，跟 CC 兩人老是躲在後巷抽大麻菸，由於敏敏工作都如期完成，Mark 也沒有多說什麼，對老闆而言，只要客人能夠吃到幸運炒麵，付錢的時候給一點小費，那麼店裡發生什麼事，其實根本一點都不重要。

對敏敏來說，真正重要的是——得到傳說中套圈圈的完整資訊，她相信再跟李喬多聊幾次天，就能得到更多資訊。敏敏想著：「只要一次！只要一次就能翻身！」不管是對自己過去套圈圈的實力有自信，或是想存到第一桶金，她越來越堅定對於套圈圈的傳說是上天為她安排，千載難逢的機會。

餐廳裡人來人往，在空間裡交雜的話語裡，也有敏敏想要得到的資訊。

「老闆嘴裡叼著菸，吐出來的煙還會把圈圈送到你面前。」

「獎品很多啊！可是很貴，好像一百多澳吧！」

「我覺得是假的。」

「時間……好像是……大概九點吧？」

「上次那個 Phone 許願要找一個朋友，結果真的就讓他找到了。」

「幹！我現在這個工作就是套中金人來的啊！」

「只要相信，就有可能，你不相信，就不可能。」

「到時候怎麼被騙都不知道。」

敏敏上班變得很有動力，也已經知道是哪個客人摸她屁股，因為每次準備要經過三號桌的時候，那個客人的叉子就會掉到地上，敏敏沒空搭理他，準備新的叉子，搶先在客人故技重施之前將叉子放上桌邊，從那次之後那個客人沒有再光顧過。

敏敏畫的曲線圖停留在轉為白工那週，York 說這是跟老闆談的條件，如果要加薪，就必須要讓他晚一點發薪水，有足夠的週轉金，才能夠確保餐廳營運。

敏敏相信 York，因為他也是台灣人，況且，老闆的理由似乎是可信的。其實，只要一拿到錢，她就可以立刻去 Eat Street 找套圈圈的攤販，這才是真正讓敏敏願意等待的原因。她有把握一定可以套中，到時候，不管餐廳到底要給她多少時薪，她都靠著套圈圈的運氣翻身，換工作、住大房子、交男朋友。

在澳洲，有了信念比較能夠活下去，不管是多困難的處境，都能夠告訴自己，總是會到達終點的。

敏敏不僅提高了對路況的掌握度，餐廳裡的流程也更加熟悉，再也不用像一開始洗碗洗到手指破皮，導致無法用指紋解鎖手機。現在敏敏儼然像是店長，York 跟 CC 一樣會開她玩笑，但她已經不放在心上了。她盡可能讓自己每天都到發光溜滑梯一趟，如果能夠遇到李喬，她要告訴李喬心裡的夢想。

敏敏又來到 Sunnybank 的七期住宅區，這趟只為了送一杯珍奶。

這筆訂單一定可以很快完成，敏敏這麼相信著。到了目的地停好車之後，從庭院走過，剛修剪過的草皮發出清新的味道。看著眼前兩層樓的房子，從門上的窗戶就能看見裡面的水晶吊燈，敏敏已經開始想像套中圈圈之後，至少要住一次這樣的房子。

按下門鈴等待開門，敏敏注意時間，也確保飲料沒有打翻。開門後，站在華麗水晶燈下的，是一個穿著四角褲以及短袖的大肚腩男人，他接過珍奶，對著敏敏揮了揮手要她離開，敏敏正慶幸不需要多餘的寒暄就被他叫住。敏敏轉身回應，沒料到珍珠奶茶迎面潑過來：「Fucking Asian!」伴隨著甩門聲，敏敏愣在原地，尚未意識到發生的事情。

敏敏來到發光溜滑梯，她慢慢停好車，拖著步伐走到樹下坐著，燈泡發出的光，加深了敏敏身上的茶漬顏色，像是被印上大小不一的胎記。李喬就在她最狼狽的時候出現，幸好他發現了敏敏的窘態，沒有說太多話，靜靜坐在身旁，遞出衛生紙。

「其實我們家珍珠很好吃。」

「你說什麼？」李喬第一時間沒有聽清楚。

「其實我們家珍珠很好吃。」敏敏再說一遍。兩人笑了出來。

敏敏告訴李喬，自己其實來了很多次，希望可以從李喬口中聽到更多關於套圈圈的訊息。李喬的興致再度被點燃，他聽說可以去等攤販出現，不用被動地靠運氣相遇，甚至可以先把願望清單列好，李喬越講越快，敏敏在他眼中看見自己一直相信的事情，一時間，空氣中珍奶的味道包覆著他們，狼狽的夜晚，好像也在發光溜滑梯底下變得輕鬆。

## 5

又是一個星期天，York 跟 CC 一如往常躲在後巷抽大麻，Mark 站在櫃台，用假惺惺的笑容送往迎來。餐廳裡所有的事情如常運作，敏敏一肩挑起所有的工作，趁著休息空檔她來到櫃台，向 Mark 伸出手：「money, money.」今天是她等待已久的發薪日，先前跟 York 還有 Mark 確認過了，敏敏記得就是今天。她要拿著所有的薪水，到 Eat Street 賭一把，因為她相信一定可以套中小金人的，她已經練習好如何許願，條列出她想要的願望。

Mark 向她揮了揮手，但敏敏不接受，在一番堅持下，老闆給了她九澳，敏敏不懂為什麼，一臉疑惑地看著老闆，或許是急了，她一聲又一聲對著老闆喊：「錢！給我錢！」Mark 沒有看過敏敏的臉變得這麼猙獰，他帶著驚嚇指著通往後巷的門：「York! York!」敏敏往後巷衝，還沒有打開門就聽到兩人的笑聲，敏敏此時對 CC 突然反感了起來，她以前總覺得 CC 的聲音很好聽，現在卻不這樣認為了。敏敏質問 York 為什麼老闆發薪水需要問他，在旁邊因為大麻亢奮的 CC 大喊：「台灣棒棒！」，敏敏要 CC 閉嘴，CC 第一次被敏敏喝斥，非但沒有驚訝，反而因為大麻的關係，更開心地笑了出來。

敏敏失控地抓住 York 的褲子，想從口袋拿出錢，卻被他推開，敏敏轉身回到員工休息室兼儲物間拿出 York 的包包，把裡面的東西倒出來，這時敏敏才看到當初 York 說要幫忙填的表格，上面寫滿了「伊爹」、「芽妹跌」各種無意義的文字。

敏敏想起星座運勢的提醒，今天除了要防範小人，同時也是新月的日子，必須在九點以前許願，恰巧 Eat Street 大部分的店家關門的時間也是九點，敏敏深信就是今天，她拿起電話撥給李喬，一邊騎車往發光溜滑梯去。如果說外送除了有一些自由時間以外，能使用機車也是當初敏敏願意奔波的原因之一。

來到溜滑梯，敏敏一邊看著手機顯示著「20:27」，從Sunnybank騎車過去大概要三十至四十五分鐘不等，敏敏祈禱路況順利，祈禱李喬能借她錢。沒想到當李喬出現時只有不停地道歉，並且告訴敏敏，只要相信，就一定可以辦到：「加油！你一定可以的！」李喬接著說：「如果沒錢，聽說可以提供等價物品交換。」然後邊說邊往機車移動，說自己還有麵包要送。

她看著李喬離開發光樹下，在光影交疊之間，有一瞬間以為剛剛離開的是York。敏敏站在樹下，突然覺得燈光好刺眼。

# 6

敏敏被父親從套圈圈的攤販拉走後，他們父女就再也沒有去過夜市了。媽媽曾問敏敏是不是生爸爸的氣？但敏敏只是淡淡地回應：「要段考了，沒有時間。」其實和段考無關。即便後來段考第一名時，爸爸買了一個小鴨抱枕當作獎賞，抱枕卻被敏敏丟在床邊櫃子的一角。

其實敏敏一點都不介意抱枕。

自那天晚上，爸爸強行拉著敏敏往夜市出口移動起，敏敏知道再也沒有挽回的餘地，就算之後再有機會套進小鴨抱枕的靶桿，也是不同的經驗了。那次段考國文考試九十八分的套圈圈獎勵，再也不可能彌補。

走到機車旁，爸爸把敏敏抱上坐墊，輕聲地說：「我都看到了，可是你不能在那邊大喊大叫。」那一瞬間，敏敏的眼淚默默地流下來，她咬著牙，用手指用力掐自己的肉，她是在那一刻學會，原來就算自己知道，也不能大吼大叫。

在那之後，就算在學校被同學欺負，她也不會告訴任何人，就像明知道 **York** 發出芽妹跌、芽妹跌的聲音，就只是不想端餐而已，她也會送完餐點，彷彿什麼事都沒發生。那些盯著她跟 **York** 互動的客人，都希望敏敏能把出餐口的幸運炒麵端到客人的桌上時，她也忽然明白，當時在套圈圈攤位前，所有人也希望爸爸能夠把敏敏帶走。

# 7

敏敏很努力地加速了，畢竟 Eat Street 不是平常送餐的領域，她不知哪一條小巷是捷徑，依循 Google Maps 的指示，她雖然抵達 Eat Street，卻已經超過九點。

敏敏沿著港口邊的欄杆走去，想著這一段時間自己是多麼努力工作，她站在面對海的地方大喊：「Fuck!」她想起國中時，老師曾經罵過班上的男生無能，因為無能所以才會沒有任何表達能力而選擇用髒話表達，現在的敏敏想告訴老師，髒話也沒什麼不好，至少發洩了自己的情緒。

敏敏隨手把路邊的玻璃瓶立好，玻璃瓶的另一端就是大海，她拿下髮圈瞄準瓶身，向前丟出髮圈，當玻璃瓶被套住時，敏敏站上觀海的椅子：「恭喜中獎！你獲得了一大片海！」敏敏坐回椅子看向正忙著收攤的小吃店、演奏樂團。她想像自己上台跟著樂團唱歌，又或者買下小吃店所有食物，吃剩的就帶回家替自己加菜。

敏敏上前拾起髮圈，把玻璃瓶轉向小吃店方向，再次瞄準玻璃瓶。一瞬間，身後射出了金亮的光線，她轉身看見大型階梯上擺了許多飾品、飲料、娃娃，敏敏一眼就看到小鴨抱枕旁邊的一座小金人，敏敏想起星座運勢說的——新月會成就內心真實的渴望。

眼前的套圈圈攤販，就這樣無預警地出現在港口邊，像是從天而降。敏敏摸了摸口袋，想起今天根本沒有領到薪水，她不知道為什麼York要騙她，甚至懷疑起他們抽大麻的錢，就是她今天應該要拿來套圈圈的錢。

然而此時，她只想為自己沒錢可以套圈圈編織一個理由。

敏敏試著和老闆談判，她相信，只要信念堅定，就能夠辦得到！敏敏向老闆提議，用九澳，給她三次機會，只要賣她三個竹圈就可以了，老闆很快地給了敏敏三個竹圈，她用盡力氣，但連續三次都撞到靶桿。「還想要玩？」老闆坐在界線邊，盯著敏敏問。

最後，老闆讓敏敏用銀行卡付款，不僅如此，還剪下敏敏的一束頭髮，在老闆落刀的那一刻，敏敏緊閉雙眼，她知道為了翻身這是必然的犧牲。老闆給了敏敏一桶竹圈，敏敏抱起桶子，就像她過去那樣，她先丟中了飲料、再丟中了玻璃擺飾，當她越來越清楚自己的手感後，她知道要留下一定的數量給小金人。

敏敏拿著竹圈，想像小金人就在竹圈裡。敏敏試著伸出手，又收回，一遍又一遍調整手腕的角度、伸出手的速度，一次兩次，三次，丟出。時間彷彿慢了下來，敏敏看清楚竹圈在空中飛行的樣子，有些微的震盪擺動，有時候會上下飄移，她一邊看著竹圈前進的方向，一邊看見小金人閃閃發著光。丟進了！敏敏清楚地看見竹圈套進靶桿，在竹圈開始向下旋轉的同時，敏敏開始念出練習好的願望清單。我想要存到一百萬，竹圈轉了第一圈……不用辛苦工作就可以談戀愛，竹圈轉了第二圈……在最後一圈的時候，敏敏目不轉睛地看著，就像是當年的竹圈也終於穩穩地套住了靶桿，敏敏說出最後一個願望：「我想回家。」隨著竹圈落地，敏敏看見一直以來那個期待小鴨抱枕的自己，舉起雙手地大喊：「恭喜中獎！」她好像又被爸爸扛上肩，整個人飛了起來，眼前波光粼粼的海面比平時還要亮，好像底下有著整片夜市，當敏敏沉醉在這一切的時候，所有的光芒也縱身躍入這個小小的竹圈之中，轉眼敏敏和攤販都已經不見蹤影，新月下的大海如小金人一般閃閃發亮。

# 8

用餐時間客人湧進餐廳，幸運炒麵訂單接連而來，Mark從櫃台走到後巷，把York像小動物般拎進餐廳外場，並且在客人面前臭罵他一頓，只見他一跛一跛地將幸運炒麵送到客人桌上，離開前，客人伸出腳絆倒York，非但沒有將他扶起，反而繼續嫌他笨手笨腳，弄髒了剛買的鞋子。

CC蹲在廚房洗碗，雙手因泡水過久而發皺，頭上的方巾也溼透了，她試圖用手擦汗，手上的清潔劑碰到臉上過敏發炎處，CC痛得叫了出來，一旁的廚師不斷往洗碗槽丟進油膩的盤子。

餐廳的後巷，其他員工熱烈討論著幸運被檢舉非法使用勞工的事情。有人說某個被開除的員工似乎背了黑鍋，被老闆陷害，說這個員工其實是這間餐廳的店長。

眾人沒有繼續討論下去，關於那個被陷害的員工，也沒有更多的資訊，一切都是聽說。又是一陣話題過後，大家結束在Eat Street的套圈圈傳說。

無論傳說是真是假，幸運一直都有來應徵工作的背包客，這是事實。

後記

# 你要不要回去？

二〇一八年我剛結束一段感情，剛考上研究所，剛開始接觸文學寫作，剛滿二十九歲，面臨到傳說中的逢九大關，生活在各種動盪的情況下，我不僅沒有試圖讓自己緩下腳步，反而加劇燃燒一切。

出國前三天的行程，在記憶中長這樣：準備撤出在宜蘭的租賃處，瘋狂搬家，並且跟房東交接，把家當搬到摯友家暫放。加入「白晝之夜」的活動執行，同時腳因為按摩不當導致筋膜沾黏。印象中是沒什麼睡覺的，「白晝之夜」徹夜工作後，就開始收拾行李，到樹林區去借行李箱、到大安區看醫生備藥、到宜蘭把家當安置好，一直到上飛機前的當天，還懇求中醫診所在早上營業前幫我扎幾針，我跟醫生說：「我馬上就要飛了，我不能跛跤去澳洲。」載我到機場的好朋友甚至來不及好好擁抱我，然後我就飛了。

上了飛機以後，原以為我會開始休息，但一切像是停不下來一樣，我想著過程中漏掉了什麼？換匯的澳幣夠嗎？到了當地有網路可以聯絡朋友嗎？有跟家人說再見嗎？同時我看著窗外，台灣越縮越小，直到變成一個光點，跟海上的許多光點集合，機艙外的畫面斑斕得像是夢境的入口，機艙裡的乘客有的睡、有的戴起耳機看電影，大多進入了自己的世界，我好奇，這裡有多少人是跟我一樣要去打工度假？又有多少人是去旅遊？然後有多少人是要回去澳洲？

登機前的瘋狂行程加上登機後的興奮心情與飛行所帶來的奇幻感，所有情緒交疊在一起，有一段時間裡，我甚至無法分辨我清醒著，還是夢著。

我相信在出國的準備上來說，我的瘋狂可能會是少數，但或許因為這樣的瘋狂，讓我在面對澳洲打工度假時經歷的一切，可以用相對平靜的心去看待。身為一個創作者，我帶著細膩的心思與敏銳的感受，去記錄還有觀察；做為一個澳打新手，我用力去碰撞、體驗以及迎接所有可能。

那時候我在自己的臉書頁面上開了一個賭盤，要求朋友寫下「你一定……」等到打工度假的快要結束的時候，如果「我一定……」真的像朋友說的那樣，我就要請客吃飯，如果沒有的話，就換朋友請客了。這個賭盤的項目大多聚焦在——你一定會大談異國戀、你一定減肥失敗、你一定存不到錢、你一定會留下來。幸好，大部分的項目，都在一頓又一頓的聚餐中，由我宣布獲勝。唯獨留在澳洲這一項，在完成《快手澳客》的這段時間裡，好幾次我都懷疑自己，我回來了嗎？

遇到曾經一起去過那個國度的人，「澳洲打工度假」這個詞就是一把萬用鑰，能夠開啟共同的話題，也啟動所有體感，召喚回屬於那個時期的一切。我們像是留下了一個分靈體在澳洲，妄想著有結合的一天，也可能永遠不會。

「時間之於所有的人是同樣地在流動，而人則各以不同的時間在流動。」——川端康成〈美麗與哀愁〉

我記得那時候在Stanthorpe採草莓失利，決定要離開前，我獨自練習要如何開口離職，並且想著要怎麼跟當時交好的同伴們告別，反覆在睡前偷偷計畫著。最後開口時，管理的人還以為我的口氣是要說一件天大的事，必須立刻飛回台灣的那種，他僅是單純地回覆OK，然後，就沒有然後。起初我還有點失落，覺得滿腔的情緒沒有出口。後來去的地方多了，發現大多數的人也都習慣了這樣的遊牧生活。

為求生存，我們成為基層農工、工廠苦力、餐廳黑工甚至各種更意想不到的工作階層都有。我們跟著產季各處遷徙，不斷認識新的人，也在他處與舊識重逢。寄生在澳洲這塊土地上，我們因為季節的時間而在不同的空間裡流轉，在不同的空間裡相逢的時候，我們各自的人生又進到了不同的時間軌道裡。故事好像相似，又各有滋味，進到這個國土上，我們採收著一段又一段色彩鮮豔的經歷。

我想，這就是像夢的原因。無論這場夢的主題是什麼，有一群人會在同一個時期裡一起做夢。

澳洲擁有太多奇幻場景，光是在高速公路上，兩側不時會看見袋鼠屍體，這就夠讓第一次進到澳洲夢的我驚訝了，更不用說平時過馬路時，看過刺蝟、烏龜等各種生物也跟著過馬路的困惑。所有出乎意料的事情，我都想透過書寫保留下來，或許是這樣的關係，在澳洲遇到的怪人怪事再再成為我的寫作題材（我相信一定有人遇過比我更怪的），必須要感謝這些人的貢獻，同時也要感謝陪著我一起成為快手的夥伴們，沒有他們的農場生活，絕對可以用慘不忍睹來形容，特別感謝 Pei 一路的接濟，甚至在我一度要撐不下去時，已經備好所有後援等著我，也感謝子嘉無論是去澳洲前、在澳洲時、離開澳洲後，直到現在都看顧著我，感謝在我成為快手的路上有一個優秀的老師，阿耀，陪著我前行以及做著各種現在想起來仍會覺得好笑的蠢事。

在過程中絕對是需要朋友的，能從朋友變成夥伴，對於異地求生存來說，是非常大的支持力量。感謝 Caboolture 時期充滿愛的 Ann、Daniel、Claire、Anna、Max、Ting、阿丁、Q毛、哈波、老王還有 Steven，在這號稱恐怖丘的地方，讓我遇到恐怖的事只有採不完的果跟創作出來的故事。感謝 Stanthorpe 時期的

Jerry、Kyra 跟顆顆見證了我從砸鍋到大展廚藝的成長歷程。感謝 Tasmania 時期的 Karen、Lola、Kris 所有最瘋的、最不真實的日常，全都一起度過了。感謝荒唐時期的 Nick 開啟了我的「呼吸」初體驗、也感謝 TY、Scott 療癒了我許多。

這場夢境華麗且激情，你們都是鮮豔的光。

「在這裡是生活，在台灣是生存。」曾經在農場裡聽過別人這樣講，當時 picker 們在討論台灣就業環境的薪資與民生通膨，相比之下，澳洲相對快活。離開澳洲打工度假之後，遇到曾經有過相同經歷的人反而都說：「在那邊是生存。」

有些身體記憶是不會忘記的。在烈日下因為採收的時間限制，限制了 picker 喝水、如廁的生理需求，一切只能忍耐，口渴了就吃草莓，越吃越渴，內急憋不住了只能就地解放，那個時候打工度假是一場度秒如年的耐力賽。清晨的低溫讓所有人對著手呵氣取暖，採覆盆莓（紅莓）的時候手指的觸感以及角度、姿勢，都是確保採果品質的關鍵，因為寒冷造成的麻痺，讓 picker 採了一兩百公尺的莓果樹，都是憑肉眼觀察以及經驗判斷，除此之外，位在低處的莓果必須跪在地上才方便採收，而寒風中的身體，對於碎石隔著褲子突擊膝蓋的痛覺，敏感的程度是平日常溫的數倍，那時的打工度假就是野外戰鬥的天堂路。

每個工作都有它快樂以及艱辛的原因，正因為有過艱辛，才知道快樂值得追求的價值。

當時我為了要成為快手以及證明自己可以在澳洲生存下去，花了極大力氣讓自己撐過來，很長一段時間脫離原本的寫作以及戲劇，有一天在台灣的夥伴Danny提出了一個工作邀請，再次讓我重新感受創作的愉悅，當時我很確定自己必須要繼續寫下去。因為這些痛苦拉遠了距離，更凸顯了創作的美好，堅信自己想對世界說話的意念。感謝東華大學的助教佳雯默默地支持和相信，以及協助完成許多繁雜的行政程序，也感謝老師們給了我書寫的工具並且為我示範各種寫作的姿態與觀念，特別感謝主修老師劉秀美教授，在這本書難產之際，用最輕巧的方式推了我一把，並且給予溫暖且堅定的支持。

〈一棵長滿眼淚的樹是什麼樣子〉是這本書第一篇寫成的作品，感謝柏松成為第一個讀者，再再鼓勵我甚至替我投稿，總是相信著我的故事能夠感動人。感謝所有在華文所的同學們，純甄讓我看見善良、佳蓉展現了努力、信傑是蛻變的意志力、謙郡是自由的、佩好的溫暖具備強大的療癒能力、馭博的堅毅、俊龍的專注還有阿黨永恆的單純與真實，他們不僅向我展現才華的樣貌，更一路給我各種協助，倘若有任何字句是具備力量的，勢必來自於大家所給予的美好。延禎的幹話創造力必須獨立一行來表揚，在許多時刻都是生活靈藥。感謝宛臻鼎力相助讓我走進東華，跟金魚一起窩在宿舍吃宵夜的時光，討論創作、生活，很是溫暖。

特別感謝瑞英，我們在車站與學校之間來回接送的時光，還有許多互相陪伴的時光，是我仔細收在心裡的回憶。當年送我去機場相欠的擁抱，我想註記在這本書上，把這一刻留在永恆裡，並且記得，當我退縮的時候，有人在背後相信我能發光。

《快手澳客》寫的是台灣青年以打工度假為名，到澳洲探尋一段未知的歷史，屬於每個人自己，以及這個世代的歷史。在成書的過程裡，領受了太多好意。感謝文化部的青年創作獎勵，讓我相信一切有可能發生。感謝國藝會的出版補助，讓這些故事有了問世的可能。感謝九歌在一開始輪廓都還沒有捏齊的時候，相信了這個作品。感謝劇場裡一路看著我前進並且教會我創作的人，感謝彭太的永遠守護，澳洲來回都有你的護航很是安心，感謝貽萱公主的各種接應，總是溫暖以及充滿愛，感謝每個焦慮的夜晚，Ella、LuLu還有羅丹的提醒與支持。

感謝在田調過程中，願意分享故事的每一位澳客。

Tina、Dinah、tofu、在澳洲桃花運暴增的Amy、Lucy、Jerry、Ruby、寶尼、Olivia、Eason、Tia、Hans、Winnie、Vi、Emily、RuRu、Flora、李小靜（Viola）、Moon、Tuni、Aries、Owen、Irene、原本在台灣是電子業的Amy、李自己（Kei）。這些人的故事甚至比我精彩，感謝澳洲打工度假這把萬能鑰開啟的緣分，讓我們在《快手澳客》裡相遇。

回去？或不回去？那是「根本」的問題。

當〈一棵長滿眼淚的樹是什麼樣子〉寫完之後，〈關於佛系少女的獨白〉的故事原型正在發生，然後開始有了這本書的構想。我偶爾會在採果的時候跟一起工作的

picker 講，當時總開玩笑我要先返台把學業完成，然後再回到澳洲做田調，大多數聽到的人，對於這一來一回有著各自的意見，有人建議乾脆放棄學業在澳洲拚居留證，也有人認為不需要再回到澳洲做田調，倘若要回澳洲就放輕鬆旅遊。

一旦成為遊牧民族，去留就會是永恆的課題。不光是往返台澳，單單在澳洲的時候，為了淡旺季的銜接，是否回到原本的農場／工廠都是澳客們不時交換意見的問題。往往消息來自口耳相傳，在沒有親自經歷之前，很少有人敢直接踏出遷徙的步伐。工作如此、生活如此、感情如此，人生也是這樣。

「聽說今年 Caboolture 今年提早草莓爆果，你要不要回來先卡位？」

「上次有人說在 Tasmania 看到極光，要不要回來跨年？順便看極光。」

「我要為了他回 Sunnybank 嗎？」

「什麼時候要回台灣？」

「有想要回澳洲嗎？」

我記得媽媽知道我即將要飛澳洲時，懷著不安的心送我到高鐵北上，沿路上她都沒有說話，直到爸爸把車停到高鐵的下客點，她才幽幽地說：「沒事去什麼澳洲。」當時我故作輕鬆半開玩笑地說：「我要去找自己啊！」話才說完，她舉起手把臉遮住，哭出聲來：「為什麼要去這麼遠？」爸爸在一旁打圓場，提醒著父母的牽掛，我也附和陪笑，把所有規畫清楚地說了一遍，並交代不時會回電報平安，等到媽媽情緒稍緩之後，我才下車，在那個時候我很確定的是，我會回來，回台灣來。感謝我的家人一路讓我成為我自己想要的樣子，成全了我大多數的任性，在所有舉棋不定的去留裡，我都能確信，無論我去了什麼地方，最後都會回來。還要謝謝顯仁，在所有艱難時刻，甚至世界崩塌的時候，成為一個發光的吉祥物，在身旁守護著、陪伴著，在所有快樂的時刻也因為一起分享而更加美好。看著《快手澳客》這本書的生成，不僅給予意見，也成就了許多，能夠在創作與生活的路上互相扶持並成為伴侶，深深感謝。

關於澳洲打工度假的一切，直到《快手澳客》塵埃落定，我才真的覺得，我回來了。

祝福所有因為澳洲打工度假相連的人，平安快樂。

九歌文庫 1425

# 快手澳客

國家圖書館出版品預行編目（CIP）資料

快手澳客 / 林國峰著 . -- 初版 .
-- 臺北市 : 九歌出版社有限公司 , 2024.02
面； 公分 . -- ( 九歌文庫 ; F1425)
ISBN 978-986-450-640-8( 平裝 )
863.57 112022709

作　　者——林國峰
責任編輯——洪沛澤
創 辦 人——蔡文甫
發 行 人——蔡澤玉
出　　版——九歌出版社有限公司
台北市 105 八德路 3 段 12 巷 57 弄 40 號
電話／02-25776564・傳真／02-25789205
郵政劃撥／0112295-1

九歌文學網 www.chiuko.com.tw

印　　刷——晨捷印製股份有限公司
法律顧問——龍躍天律師 ・ 蕭雄淋律師 ・ 董安丹律師
初　　版——2024 年 2 月
定　　價——350 元
書　　號——F1425
I S B N——978-986-450-640-8
9789864506392 ( PDF )
9789864506385 ( EPUB )

本書榮獲
文化部 MINISTRY OF CULTURE 青年創作獎勵
財團法人 國家文化藝術基金會 National Culture and Arts Foundation NCAF 「國家文化藝術基金會」出版補助

（缺頁、破損或裝訂錯誤，請寄回本公司更換）
版權所有 ・ 翻印必究　Printed in Taiwan